어느 작가의 오후

어느 작가의 오후

Nachmittag eines Schriftstellers

페터 한트케 중편소설 홍성광 옮김

이 책은 실로 꿰매어 제본하는 정통적인 사철 방식으로 만들어졌습니다.
사철 방식으로 제본된 책은 오랫동안 보관해도 손상되지 않습니다.

프랜시스 스콧 피츠제럴드[1]를 위해

---

1 Francis Scott Fitzgerald(1896~1940). 미국의 1920년대 재즈 시대를 대표하는 소설가. 대표작으로 『위대한 개츠비』(1925)가 있다.

「……모두가 있는 곳에서, 난 아무것도 아니다」

── 요한 볼프강 폰 괴테,『토르콰토 타소 *Torquato Tasso*』[2]

2 괴테의 희곡으로 1790년에 발표되었다. 르네상스 시기의 이탈리아를 배경으로 꿈과 현실 사이에서 고뇌하는 시인 타소의 삶을 그렸다.

어느 작가의 오후

11

1

언젠가, 거의 1년 동안 언어를 잃어버렸다고 생각하며 살았던 이래로 작가[1]에게는 자신이 과거에 썼고, 앞으로 쓸 수 있다고 느낀 문장 모두가 하나의 사건이 되었다. 말로 표현되지 않고 글로 쓰이면서 새로운 의미를 부여하는 모든 언어가 그로 하여금 깊이 숨을 쉬게 했고, 그를 세계와 새롭게 맺어 주었다. 그날은 그러한 행복한 글쓰기로 시작되었고, 아무튼 그는 다음 날 아침까지 자기에게 아무 일도 일어날 수 없을 것이라 생각했다.

---

1 Schriftsteller. 이 작품의 화자 역할을 한다.

하지만 언어의 막힘, 더 이상 할 수 없음, 그러니까 영원히 글쓰기가 중단될 가능성에 대한 두려움이 이미 평생 존재해 오지 않았던가? 글쓰기뿐만 아니라 사랑하기, 배우기, 관심 두기와 같은 그가 행하는 다른 모든 일, 무릇 그에게 요구되는 모든 일은 주제에서 벗어나지 않고 있는 것인가? 그에게는 직업의 문제가 존재의 문제에 대한 비유가 아니던가? 그리고 눈에 띄는 예들이 그의 상태를, 즉 〈작가로서의 나〉가 아니라 오히려 〈나로서의 작가〉를 보여 주지 않았던가? 언어의 한계를 벗어나 다시는 돌아갈 수 없으리라 생각한 시절 이래로, 그러한 생각으로 인해 날마다 불확실한 새출발을 해온 이래로 그는 비로소 자신을 진지하게 〈작가〉라고 부르지 않았던가? 자기 생의 절반 이상의 기간 동안 오로지 글쓰기만을 생각했음에도 그는 그때까지 작가라는 이 단어를 기껏해야 반어적으로 쓰거나 쓰면서도 어찌할 바를 몰라 하곤 했다.

그 자신의 실상을 밝혀 주고 생동감 있게 해준 몇 줄의 도움으로 그날 하루도 잘 지나간 것 같았다. 작가는 저녁나절을 순조롭게 보낼 수 있으리라는 기분으로 자신의 책상에서 일어섰다. 그는 몇 시나 되었는지 알지 못했다. 보통 누가 죽기라도 한 것처럼 격렬한 소리를 내며 울리던, 작은 언덕 기슭에 위치한 양로원의 조그만 관현악단에서 울리는 정오 종소리는 그의 생각에 얼마 전에 울린 것 같았지만 아마도 그이후로 몇 시간이 흐른 게 분명했다. 왜냐하면 방의 빛이 오후의 빛으로 바뀌었기 때문이다. 방바닥의 양탄자로부터 희미한 빛이 피어오르자 일을 하던 그는 자기가 새로운 시간 측정 단위를 발견해 냈다고 생각했다. 그는 양손을 들고 타자기에 꽂혀 있는 종이 앞으로 몸을 구부렸다. 그와 동시에 종종 그래 왔듯이, 그는 다음 날 거듭 자신의 행동에 빠져들지 말고 반대로 감각을 여는 데 이 행동을 이용하라고, 자신에게 명심시켰다. 즉 개 짖는 소리, 전기톱이 붕붕거리는 소리, 화물차의 소음, 망치 두드리는 소리, 아래쪽 평지에 위치한 학교와 병영에서 끊임없이 들려오는 구령 소리나 호각 소리와 마찬가지로, 벽 위에 획 비치는 어떤 새의 그림자가 그의 주의를 딴 데로 돌리는 대신에 텍스트를 따라다니며 스며들게 만들어야 했다. 그나저나 이전에도 늘 그래 왔듯이, 책상에 앉아 있던 마지막 순간에 도시 전체로부터 또다시 경찰차와 병원차의 사이렌이 들려왔다는 생각이 들었다. 정원의 나무줄기, 창틀에서 그를 바라보는 고양이, 왼쪽에서 오른쪽으로 착륙하고, 오른쪽에서 왼쪽으로 이륙하는 하늘의 비행기들을 관찰하면서 생각을 가다듬느라, 아침에는 종이로부터 창 쪽으로 고개를 한 번도 돌리지 않았다는 생각도. 그리하여 그는 맨 처음에는 멀리 있는 어떤 것에도 초점을 맞추지 않고 양탄자의 무늬만을 뚫어져라 바라보았다. 귀에서는 전기 타자기에서 나는 소리처럼 — 사실은 전기 타자기가 아니었다 — 윙윙거리는 소리가 들렸다.

작가의 작업실, 〈집 안의 집〉은 2층에 있었다. 그는 빈 찻잔을 손에 들고 몽롱한 정신으로 부엌으로 내려가서 주방의 시계를 보고는 하루해가 얼마 남지 않았음을 깨달았다. 12월 초였다. 그리고 꼭 동트기 전처럼 사물들의 윤곽이 희미하게 어른거렸다. 이와 동시에 바깥 공간과 커튼이 없는 집의 내부는 단 하나의 밝기로 연결되어 있는 것처럼 보였다. 올해에는 아직 눈이 내리지 않았다. 하지만 오늘은 아침부터 새를 유인하는 것이 분명한 피리 소리 — 무언가를 부르는 것 같은 사랑스럽고 단조로운 소리 — 가 눈이 올 것을 예고했다. 작가는 서서히 그의 감각을 되살려 준 불빛을 받으며 서 있다가 밖으로 나갔다. 그는 날마다 어둠이 깔리고서야 집 밖으로 나왔으므로 자신이 늘 게으름을 피운다고 느꼈다. 예로부터 작가라는 직업을 가진 사람들이 밖에 있을 때 바로 제자리에 있다고 느꼈다는 것은 특이한 일이다.

먼저 그는 우편집배원이 문틈을 이용해 집 안으로 던져 넣은 우편물을 바닥에서 주워 모았다. 수북한 우편물 더미에서 읽을 만한 것이라곤 우편엽서 한 장뿐이었다. 다른 것은 광고 전단지, 정당의 기관지, 〈가정용 무료 신문〉, 갤러리나 〈시민 집회〉 초대장들이었다. 대부분은 친숙한 회색 봉투에 들어 있었고, 하나같이 어떤 낯선 사람이 보낸 것으로, 봉투 속의 것을

15

한데 모으면 트럼프 카드 세트가 되었다. 그자는 벌써 10년도 넘게 거의 매일 적어도 한 바구니의 그런 편지를 멀리 외국에서 보내왔다. 작가는 처음 그 편지를 받아 보고 단지 그 필체가 자신의 필체와 혼동할 정도로 비슷하다는 이유 때문에 첫 번째 편지에 짧게 답장을 보내 주었다. 그러자 그 발송인은 마치 어린 시절 친구나 정원 울타리 너머의 오랜 이웃을 대하는 것처럼 그를 대하기 시작했다. 봉투에는 그때그때 다르기는 해도 대체로 거의 한 문장의 길이도 되지 않는 자질구레한 소식이 담긴 종이쪽지가 들어 있었다. 그 글에는 그 낯선 사람의 가족생활, 그러니까 부인이나 자식들에 대한 정보는 물론이고, 〈부인의 등기 편지〉, 〈그녀가 두 사람을 보는 것을 금지시켰다〉와 같은 단순한 암시들도 적혀 있었다. 그리고 〈내 의지에 반해서 비행기 표를 예약하느니 차라리 죽겠다〉나 〈그녀는 어제 내가 잡초를 뽑았다는 것을 입증할 수 있다〉처럼 수수께끼같이 알쏭달쏭한 글도 있었다. 또 〈나는 마침내 기뻐하고 싶다〉나 〈내게도 다른 시간이 시작되어야 한다〉와 같은 단순한 외침도 있었다. 수령

인이 마치 그 모든 이야기를 오래전부터 알고 있다는 듯이. 처음 몇 년 동안만 해도 그는 종잡을 수 없는 문장들이나 지리멸렬한 단어들을 모두 꼼꼼하게 읽었다. 그렇지만 날이면 날마다 죄다 그런 우편물들만 날아왔기 때문에 시간이 흐르면서 이 전단지들은 점점 더 그의 마음에 부담을 주었다. 그는 뜯지도 않은 우편물 더미 위에서 자신이 화를 내며 쓰레기통을 쾅 닫는 모습을 누가 보았으면 했다. 그러다 드문 일이긴 했지만 의무감에서 봉투 가운데 하나를 뜯을 때도 있었는데, 새로운 소식이라는 게 늘 같은 것이라서 그는 마음이 놓이곤 했다. 사실 그것은 도움을 청하는 외침, 그것도 간절한 외침으로 볼 수 있었다. 하지만 그 외침은 듣는 사람이 없어도 평생 지속될 것만 같았다. 그가 게으른 탓도 있었지만 어쩌면 그래서 그가 편지들을 반송하지 않았을지도 모른다. 물론 그는 날마다 모서리가 각진 회색 꾸러미를 보고 어떤 사람이 살아 있다는 표시에 자꾸만 시달리고 싶지 않았다. 그래서 그는 어제와 마찬가지로 오늘도 모든 우편물을 읽지도 않고 마치 그 내용을 이미 알고 있는 것처럼 하나

하나 쓰레기통에 집어넣어 버렸다. 다만 아메리카 대륙에서 길을 잃고 헤매며 살아가는 예전 친구가 보낸 우편엽서는 길을 가는 동안 읽어 보려고 외투 주머니에 집어넣었다.

그는 샤워를 하고 옷을 갈아입었다. 보도나 에스컬레이터뿐만 아니라 걷기 힘든 길을 가기에 적합한 신발의 끈을 맸다. 고양이를 집 안으로 들여보내고 고기와 우유가 담긴 그릇을 앞에 놓아 주었다. 고양이의 털에는 서리가 내려 있었다. 털끝을 보니 눈의 결정(結晶)들이 어른거리는 듯했다. 하지만 털 아래의 몸통은 몇 시간 동안 글을 쓰느라 차가워진 그의 두 손을 따뜻하게 데워 주었다.

그는 밖으로 나가고 싶은 마음이 굴뚝같았지만 언제나 그랬듯이 머뭇거렸다. 그가 1층 방의 문을 모두 열자 다양한 방향에서 비쳐 들어온 빛이 어지럽게 뒤엉켰다. 사람이 살지 않는 집 같았다. 집은, 그 안에서 일하고 잠자는 것뿐 아니라 살아가는 것도 요구하는 것만 같았다. 물론 작가는 가정생활을 해나갈 수 없는 것과 마찬가지로 오래전부터 집 안 생활을 할 수가 없었다. 방 한구석에 놓인 의자, 식탁이나 피아노를 볼 때마다 그는 즉각 서먹서먹한 기분이 들었다. 스테레오 확성기 박스, 체스 판, 꽃병, 심지어 서가의 정돈된 책들조차도 그에게는 낯설 뿐이었다. 그래서 그의 집에는 방바닥이나 창턱에 책들이 잔뜩 쌓여 있었다. 집에서 탈출하여, 도시의 불빛과 그것이 반사된 빛이 밤하늘에 충분히 비추어진다고 생각하면서 어딘가 어두운 곳에 앉아 있을 때만 그는 어딘가에 거주하고 있다는 감정을 느꼈다. 바로 이 시간이, 더 이상 골똘히 생각하거나 미리 이런저런 생각을 할 필요 없이 그냥 차분히 앉아 조용한 가운데 기껏해야 추억에 잠기는 이 시간이 그가 집에서 보내는 가장 사랑스러운 시간이었다. 그리고 그는 상념이 부지불식간에 같은 정도의 평화로운 꿈으로 넘어갈 때까지 매번 그 시간을 길게 끌었다. 물론 낮에, 글쓰기를 시작한 직후에는 더더욱 그는 집이 너무 적막하다고 느꼈다. 부엌에서 식기세척기가 윙윙거리며 돌아가는 소리, 욕실의 탈수기가 웅웅거리며 돌아가는 소리는 — 되도록 두 가지가 동시에 일어나는 편을 선호했는데 — 사실 그에게 좋은 작용을 했다. 심지어 책상에서 글을 쓸 때도 시간이 흐름에 따라 바깥세상의 소음이 필요했다. 한번은, 소위 하늘에서 아주 가까운, 방음 시설이 잘된 고층 건물 첨탑에서 몇 달 동안 글을 쓴 적이 있었다. 그 후에 그는 계속 일하기 위해 아주 시끄러운 큰길의 1층 방으로 작업실을 옮겼다. 그리고 그 집 옆의 공터에서 기계들의 소음이 한 번 들려온 뒤부터는, 처음 글을 쓸 때 순조롭게 작업하려고 음악 작품을 이용했던 것처럼, 아침마다 압축 공기 해머나 캐터필러²를 이용하기 시작했다. 그리고 나서 그는 종이에서 눈을 떼어 왕왕 바깥의 인부들을 바라보았고, 그 자신의 작업이 매우 느긋하게 차근차근 진행되는 인부들의 작업과 조화를 이루도록 했다. 때로는 어쩔 수 없는 대립 때문에 나무와 풀, 창문을 휘감고 있는 야생 포도나무가 자라는 순수한 자연을 제대로 음미할 수 없었다. 아무튼 그가 바깥의 증기 달구보다 실내의 파리 한 마리에

2 흙이나 돌멩이 등을 퍼담아 옮기는 중장비 기계.

더욱 방해를 받는 것은 분명했다.

　정원으로 통하는 문으로 가는 도중에 작가는 갑자기 발걸음을 돌렸다. 그는 다시 집 안으로 들어가, 후닥닥 서재로 올라가서는 거기서 어떤 단어를 다른 단어로 바꾸었다. 그제야 비로소 그는 방에서 땀 냄새를 맡았고 유리창에 증기가 낀 것을 보았다.

2

이제 그는 더 이상 그리 서두르지 않았다. 텅 빈 집 전체가 갑자기 새로운 단어 하나로 인해 훈훈하고 살 만하다는 인상을 주었다. 문지방에서 그는 순간 정의 (正義)의 장소나 공정한 평가의 장소로 생각되는 책상 쪽으로 눈길을 돌렸다. 「책상이라는 것은 자고로 그래야 한다!」 그는 전면 창으로 정원이 내다보이는 현관에 앉아 단추를 몇 개 꿰매 달았고, 죽 늘어선 여름용 신발들을 하나하나 닦았다. 그러면서 그는 〈심지어 손톱을 깎을 때조차 고상하게 행동했다〉는 어느 고전 작가에 대한 논평을 떠올리며, 자신은 그와 비슷하게 행동하지 않는다고 생각했다. 바깥 정원에서는 엄지손가락만 한 새 한 마리가 사람 크기의 어두컴컴한 원추형 주목(朱木) 속으로 미끄러져 들어가더니, 울창한 숲에서 다시는 빠져나오지 않았다. 하늘 위에 떠 있는 모터 하나짜리 비행기에서 나는 소리가 알래스카를 생각나게 했고, 커브를 그리며 도시를 돌아다니는 기차들이 내는 날카로운 경적도 물이 풍부한 먼 나라에서 들려오는 것만 같았다. 다리 위를 덜커덩거리며 굴러가는 바퀴들의 소리가 잠시 동안 또렷이 들렸고, 이와 동시에 집짐승이 계단 발치를 긁는 소리, 창고의 냉장고가 덜커덩거리는 소리가 났다. 작가는 이날 들어 유리벽으로 온실 같은 분위기를 자아내는 현관의 식물들에 벌써 두 번이나 물을 주었고, 고양이에게 또 한 번 먹이를 주었으며, 마지막으로 문의 모든 손잡이를 닦았다. 누군가에게 편지를 써야겠다는 생각이 들었지만, 집에서가 아니라 나중에 도시의 어딘가에서 그렇게 할 생각이었다.

그는 언젠가 언어를 잃을지도 모른다고 생각하던 시절에 다시는 자기 뒤의 문을 닫아걸지 않겠노라고 스스로에게 굳게 맹세한 적이 있었다. 그때부터 매일 집을 나서면서 바깥에서 두 번 열쇠를 돌릴 때마다 그 생각이 떠올랐다. 그러면서 밤에 집에 돌아오면 문을 자물쇠로 채우지 않은 채로 놓아두리라 다짐했다. 그런데 그는 이런 생각을 하지 않고도 아침에 벌써 여러 번이나 문이 활짝 열려 있는 것을 발견하지 않았던가?

정원의 부드러운 흙 길에서 그는 자신의 발자취를 따라 걸었다. 그가 매일 일을 시작하기 전에 종종 몇 시간 동안 거니는 바람에 이러한 발자국이 생겼다. 발자취는 이제 얼어붙어 있었고, 기다란 정원 길을 따라 땅을 밟아 다져진 것처럼 톱니 모양의 촘촘한 무늬가 새겨져 있었다. 그리하여 마치 대부대가 육박전을 치르기 위해 행진해 가거나, 또는 경찰의 특수부대가 위험천만한 사회의 적을 체포하기 위해 이동해 간 것 같았다. 이와 동시에 작가에게는 주인공이 어떤 건물 앞에서 오랫동안 기다리며 왔다 갔다 하다가 결국은 깊은 도랑을 만들어 모자만 쑥 솟아 나왔던 어떤 우스꽝스러운 영화 장면이 떠올랐다.

겨울인데도 주변의 여기저기에서는 아직 꽃이 피어 있었다. 장구채, 데이지, 미나리아재비, 광대수염이 작기는 하지만 드문드문 자라나 꽁꽁 얼어붙은 대지를 생기 있게 만들었다. 에나멜 빛으로 반짝이는 미나리아재비의 꽃받침은 잠시 햇빛으로 착각되기도 했다. 새들이 갉아먹은 어떤 사과나무의 꽃부리에는 비록 과육이 유리처럼 얼어붙어 있긴 해도 아직 몇 개의 과일이 달려 있었다. 서리에 시달린 마지막 잎사귀들이 바스락거리는 소리를 내며 거의 수직으로 하나둘 땅에 떨어지고 있었다. 추위에 휘어진 것 같은 개암나무의 수꽃은 빛깔이 없었다. 울타리와 대문 옆에서는 초롱꽃이 푸르죽죽하게 얼어 있었다.

정원은 소관목류나 덩굴 식물이 무성하게 자라 있어 크고 원시적으로 여겨지는 공원의 숲 — 작가는 일을 마친 후에 종종 그렇게 생각했다 — 과 연결되어 있었다. 그는 또 한 번 집을 향하여 몸을 돌렸다. 그러면서 그는 그늘에서 걸어 나온 것 같다고 느꼈다. 하늘은 밝은 회색을 띠고 있었는데, 보다 검고 아주 기다란 띠가 하늘을 관통하고 있어 넓고 높다는 인상을 주었다. 바람 한 점 없었지만 공기는 너무 차가워서 찬 기운이 그의 이마와 목덜미 위를 스쳐 지나갔다. 그는 길이 갈라지는 곳에서 발길을 멈추고 어디로 가야 할지 곰곰 생각했다. 크리스마스이브라 도심에는 많은 사람들이 있을 것이고, 도시 변두리에는 자기 혼자 있을지도 모른다. 할 일 없이 빈둥거릴 때는 도심으로 산책을 나가는 것이 규칙이었다. 반면 일에 몰두할 때는 보통 자전거를 타고 사람들이 없는 곳으로 떠났다. 아무튼 지금까지는 이러한 규칙을 지켜 왔다. 하지만 그에게 대체 규칙이 있기라도 한 것인가? 그가 지금까지 자신에게 주려고 한 보잘것없는 것은 언제나 무언가 다른 것, 그에게 보다 올바른 것으로 여겨진 변덕, 우연, 영감에 길을 내어 주지 않았던가? 사실 그는 이미 수십 년 전부터 매순간 자신의 글쓰기 목적을 추구하며 살아왔다. 그렇지만 오늘날까지도 그는 목적에 이르는 확실한 방법을 알지 못했고, 그에게는 모든 것이 어린 시절, 그 후의 학창 시절, 보다 나중의 풋내기 작가 시절처럼 일시적으로 머물러 있었다. 그렇다. 그는 임시로 머물렀고, 유럽의 이 세계적 도시에서 어느덧 나이가 들어가기 시작한다고 생각했지만 예전과 다름없이 풋내기에 불과했다. 그는 먼 나라들에서 자신의 고국으로 잠시 돌아왔을 뿐이었고, 늘 분주했으며, 새로이 떠나려고 했다. 자신의 꿈이라 할 수 있는 작가 생활조차 그는 임시적인 것으로 보았다. 확정적인 모든 것을 그는 오래전부터 무시무시하게 생각했다. 〈만물은 유전(流轉)한다〉? 〈아무도 같은 강에 발을 담그지 않는다〉? 인생과 강의 유명한 비유로 말하자면, 〈사람들은 같은 강에 발을 담그지만 흐르는 물은 늘 다르다〉? 그렇다. 몇 년에 걸쳐 그는 신자가 〈주기도문〉을 외우는 것처럼 헤라클레이토스[3]의 이 명제를 거듭 암송했다.

3 Heracleitos(B. C. 540?~B. C. 480?). 그리스의 철학자로 불을 만물을 통일하는 근본 물질로 보고, 세계 질서는 〈일정한 정도로 타오르고 일정한 정도로 꺼지는 영원히 사는 불〉이라고 했다. 그는 불의 현상 형태를 확장하여 연료·불꽃·연기뿐만 아니라 대기의 에테르까지 포함시켰다. 이 공기 또는 순수한 불의 일부가 바다 또는 비로 변하고, 바다의 일부가 땅으로 변한다. 이와 동시에 모든 곳에서 똑같은 양의 땅과 바다가 각자 바다와 불의 모습으로 되돌아가고 있다. 그 결과 동적인 평형이 이루어지며, 이것이 세계의 질서 있는 균형을 유지한다. 변화 속에서도 이렇게 통일이 유지되는 것을 헤라클레이토스는 인생

작가는 교차로에서 이례적으로 오랫동안 서 있었다. 자신의 활동을 통해 어떠한 생활 질서도 미리 그려 놓지 않는 그는 보잘것없는 나날의 움직임에도 하나의 이념을 필요로 하는 것 같았다. 그런데 이러한 이념은 두 가지, 즉 변두리와 중심을 연결시키려는 생각, 중심을 통과해서 변두리로 걸어가려는 생각과 함께 찾아왔다. 바로 그래서 그는 책상을 떠나 사람들 근처로 가는 것이 아닐까? 그리고 번번이 무시되기는 했지만 또다른 맹세를, 적어도 하루에 한 번은 강을 건너 신시가지가 시작되는 곳으로 가자는 맹세를 해온 것이 아닐까? 이제 그는 길이 갈라지는 곳에서 어딘가로 향하고 있다는 즐거움을 누리고 있었다.

그는 공원의 숲을 내려가면서 한참 동안 아무와도 마주치지 않았다. 방에서 몇 시간을 보내다가 이제 오로지 자연만 접하면서, 작가는 말하자면 어깨를 으쓱

과 강의 유명한 비유로 보여 주었다. 〈사람들은 같은 강에 발을 담그지만 흐르는 물은 늘 다르다〉 뒷날 플라톤은 우리의 감각에 어떻게 나타나든 만물은 끊임없이 변화한다는 것을 나타내기 위해 이 원리를 채택했다.

추켜세우며 어린아이 같은 해방감에 사로잡혔다. 그는 마침내 아침나절의 여러 명제에 관해 골똘히 생각하는 것을 그만두고, 〈너도밤나무〉와 〈단풍나무〉 표지판뿐만 아니라 새가 그려진 표지판도 살펴보았다. 그는 어떤 나무의 매끄러움과 밝기, 또 다른 나무의 어두움과 균열에만 주목했다. 추위에 맞서 깃털을 세우고 꼼짝도 하지 않은 채 아직 잎이 무성한 시든 떡갈나무 수풀에 웅크리고 앉아 있는 열두 마리의 참새들에게 눈길을 돌리며, 그는 언젠가 이런 존재들을 위해 설교한 성자에 관한 전설을 믿게 되었다. 그런데 바로 그때, 동물들이 그 자리에서 꼼짝도 하지 않고 태초의 언어를 다시 기다리기라도 하는 것처럼 머리를 움직였다. 그는 무언가 말했고, 수풀에서 들려오는 소리에 잠시 귀를 기울였다.

   낙엽송 잎이 떨어진 길은 노란색을 띠고 있었다. 몇몇 굽은 길에는 잎이 구두 굽만큼 쌓여 있기도 했지만 너무 바삭바삭해서 밟고 지나가면 죄다 옆으로 흩날렸다. 아스팔트 거리 위에는 꼬불꼬불하게 기다란 자국이 나 있었다. 집에서 보낸 마지막 몇 시간 동안 자신의 주위가 더욱 조용해지자 작가는 바깥세상이 더 이상 존재하지 않고, 방 안에 자기 혼자 살아남아 있을지도 모른다는 강박 관념에 시달렸었다. 그러한 까닭에 실재하는 건강한 사람, 이미 옷을 갈아입고 하루 일을 마칠 준비를 하는, 청소 도구를 넣어 두는 좁은 곳에서 허리를 구부리며 나와서 커다란 손수건으로 아주 두꺼운 안경을 꼼꼼하게 닦는 거리의 미화원을 보자 이제 그의 마음은 한결 홀가분해졌다. 작가는 그의 인사에 대꾸하면서 자신이 이날 처음으로 말을 했다는 사실을 알아차렸다. 이제까지 그는 아침 뉴스를 전하는 아나운서의 목소리를 말없이 듣고 있거나, 고양이와 대화를 나누거나, 서재에서 어순을 큰 소리로 읊거나 했기 때문에 이제 처음으로 사람을 만나 대화를 나누기 전에 그 지역의 관습대로 헛기침을 하지 않을 수 없었다. 그는 상대방이 근시라서 자기가 누구인지 알아보지 못하기를 바랐다. 세상이 멸망했다고 상상한 후에 이렇게 살아 있는, 의욕이 왕성한 두 눈과 마주치자 마음이 무척 차분해졌다. 그는 미화원의 눈빛을 이해한 것 같았다. 시내에 가까워질수록 점점 더 많아지는 행인들의 얼굴을 이해한 것처럼. 그들의 얼굴에 자신의 얼굴이 비치는 것처럼 또렷하게.

언덕 위에 있는 작가의 집에는 사방을 내다볼 수 있는 창들이 나 있었다. 하지만 그는 종일 집에 머무르면서도 창밖으로 먼 곳을 내다보는 일이 별로 없었다. 내리막길과 사람들이 가까이 보이는 곳에 다다르자 원경이 펼쳐지기 시작했다. (그는 그 전경에 너무나 황홀한 느낌을 받았기 때문에 방문객들이 부러워해 마지않는 자기 집 지붕 테라스를 피하지 않았던가? 그리고 그곳을 세탁물을 걸어 두기 위한 장소로만 이용하지 않았던가?) 강물이 흘러나오는 산맥 쪽에는 유리 같은 눈밭이 펼쳐져 있었고, 다른 쪽, 도시가 끝나는 평지의 가장자리에는 목탄으로 둥글게 호를 그린 것 같은 빙퇴석(氷堆石)이 보였다. 그는 눈밭 바로 밑에 이끼가 자라고 있다고, 빙퇴석 밑으로 풀밭을 관통하는 개울이 흐르고 있다고 느꼈다. 물소리가 시끄러운 강가에는 얼음이 튀어나온 곳이 있었다. 변두리의 주택 단지 너머를 좀 더 자세히 보면 보다 작은 일련의 주택들이 또렷이 보였다. 그리고 화물차가 조용히 굴러가는 고속 도로가 눈에 들어왔다. 그러자 마치 운전석에 앉아 차를 모는 것처럼 순간적으로 그의 두 팔이 떨렸다. 공단 지역의 굴뚝 옆, 아무도 살지 않는 띠 모양의 그곳, 관목이 무성하게 자라난 초원 지대에는 붉은 빛이 타오르고 있었다. 그 뒤의 어두운 컨테이너는 신호가 바뀌자 처음에는 거의 눈에 띄지 않게 서서히 움직이며 커지는, 서 있는 기차로 드러났다. 대다수의 승객은 이미 외투를 입고 역에 내릴 준비를 하고 있었다. 어떤 어린아이의 손이 어른의 손을 찾았다. 계속 기차를 타고 가는 사람들은 다리를 쭉 뻗고 있었다. 이른 아침부터 근무했을, 거의 텅 비다시피 한 식당 칸의 종업원은 복도로 나와 창문을 닫으며 바깥 공기를 쐬었다. 한편 식기를 닦는 중년의 어떤 남국 사람은 구석 자리에서 눈을 깜박거리지도 않고 앞을 바라보며 담배를 피우고 있었다. 이런 원경들(〈먼 곳에 있는 작품의 소재들〉)에 더해 작가는 도심의 지붕들 위에서 석상 하나를 발견했다. 교회의 둥근 지붕 위로 하늘 높이 솟은 그 석상은 쇠로 된 종려 가지를 손에 들고 있었고, 그 주위에는 마치 원무(圓舞)를 추려는 듯 보조 상들이 에워싸고 있었다.

언덕길의 마지막 내리막길은 계단으로 되어 있었고, 오래된 집들로 둘러싸여 있었다. 계단식 정원의 위쪽 부분은 연속된 도개교(跳開橋)[4]처럼 이곳저곳이 계단 난간 쪽으로 솟아 있었다. 암벽에 가까운 아래쪽 계단에는 사방에 불이 켜져 있었는데, 아마 아침부터 켜져 있었는지도 모른다. 계단의 모든 층계참은 보다 낮은 층이라는 인상을 주었다. 탁상용 스탠드가 몇 권의 열린 책을 환히 밝혀 주었고, 꼼짝도 하지 않고 그 옆에 앉아 있는 한 남자는 연구하고 있다기보다는 오히려 관찰하고 있는 것 같았다. 문으로 걸어 들어온 어떤 여자는 여전히 모자를 쓰고 외투를 입은 채로 무거운 가방을 들고 있었다. 바지에 멜빵을 하고 셔츠의 소매를 걷어 올린 머리가 허연 남자가 커피포트를 든

[4] 큰 배가 밑으로 지나갈 수 있도록 하기 위하여 위로 열리는 구조로 만든 다리. 양쪽으로 열려 올라가는 이엽식(二葉式)과 한쪽만 올라가는 일엽식(一葉式)이 있다.

채 천천히 자신의 방을 가로지르고 있었고, 몇 계단 아래에서는 우는 표정의 커다란 사각형 얼굴을 한 사람이 작은 구멍이 뚫린 커튼 뒤에서 그의 뒤를 따르고 있었다. 마지막 층계참에 있는 1층의 회사인지 관청 사무실인지에는 네온사인 불빛을 받고 있는 고무나무와 서류철이 있었고, 벽에는 그림엽서들이 붙어 있었다. 이런 많은 물건들은 친숙한 느낌을 자아냈다. 직원들에게 늘 무시당하는 세련되지 못한 이방인은 한편으로는 헐렁한 넥타이로, 다른 한편으로는 풀어 헤친 머리로 그런대로 살 만하다는 인상을 주었다. 창턱의 병에는 한껏 꽃을 피운 12월의 나뭇가지가 놓여 있었다. 여기 집들 부근은 한 층씩 내려갈 때마다 더 따뜻해지는 것 같았다. 높은 곳, 바위가 드러난 곳에는 기둥처럼 굵은 고드름이 달려 있었고, 그 아래의 정원들에 있는 너도밤나무 수풀과 가문비나무 울타리 옆에는 이미 몇 그루의 야자수 그루터기가 자라 있었다. 그리고 비닐에 감싸인 공 모양의 월계수가 푸른빛을 내고 있었다. 작가는 이렇게 주변 세계의 눈에 띄지 않았다고 생각하며 말하자면 시내로 진입했다. 그의 목적지는 음식점이었다. 배가 고프거나 목이 말라서라기보다는 오히려 사람이 많이 모이는 장소에 앉아 약간의 서비스를 받고 싶은 욕구 때문이었다. 다시 말해 혼자 방 안에 오랫동안 머물러 있었다는 이유만으로 그는 당당하게 그런 요구를 하려는 것 같았다.

3

그는 처음에는 뒤뜰을 지나 조금 돌아가는 길을 택하면서 사람들이 붐비는 곳을 피했다. 뜰은 도시의 평평한 땅에 커다란 호(弧)를 그리면서 학교의 교정이나 박물관의 뜰로 이어졌고, 다시 수도원으로 이어졌다. 그리고 마침내 언젠가부터 그냥 공원으로 쓰이는, 문이 열려 있는 공동묘지로 통하는 길이 나왔다. 모든 건물이 비슷한 건축 양식으로 지어진 데다 이어져 있는 뜰들이 똑같은 평면도와 크기를 가진 듯해서, 사람들은 그곳, 즉 다른 세계와 단절된 어떤 구역, 도시 속의 도시에서 움직이며 뒤쪽에 출구가 있다는 생각을 하지 못한 채 도시 속 뜰에서 뜰로 계속 나아가는 듯한 느낌을 받았다. 양파 모양의 나무 지붕이 있는 우물간을 보고 작가는 잠시 다시 모스크바에 온 듯한 착각에 빠졌다. 그는 언젠가 오후 한나절을 그렇게 은밀한 구역에서 보낸 적이 있었다. 그곳에서 그는 두 도로를 연결하는 통로가 있는 집을 돌아다녔는데, 한 집이 다른 집보다 더 컸으며, 주위는 갈수록 더 깊은 정적에 사로잡혔다. 그런 다음 그는 거기서 멀리 떨어진 어떤 긴 벤치에 앉아 지붕을 얹은 집의 콘크리트 바닥에서 아이들이 노는 모습을 지켜보았고, 자작나무가 자라는 풀밭 한가운데에 있는 수도 시설에서 얼굴과 손을 씻었다. 그는 글을 쓰는 순간에만 그렇게 자신이 사는 거주지의 한계를 없앨 수 있다는 생각을 하지 않았을까? 작은 것이 커졌고, 이름들은 힘을 잃게 되었으며, 도로의 동그란 머릿돌 틈새에 있는 밝은 모래는 어떤 모래 언덕에서 뻗어 나온 것이었다. 하나하나의 창백한 풀줄기는 사바나의 일부였다. 어떤 교실에서는 아직 수업을 하고 있었다. 교실에는 눈이 부시는 칠판 앞의 교단에 서서 팔을 휘두르는 선생님만 보였다. 박물관의 받침돌은 떼를 지어 헤엄치거나 무리에서 벗어나 잠수해 사라지는 돌고래들이 대리석 부조로 새겨져 있었다. 수도원 뜰에서는 수도사 한 명이 추위에도 불구하고 샌들을 신고 벚나무의 가지를 자르고 있었다. 그리고 공동묘지에는 라틴어 비명에 이어 그리스어 비명도 보였다.

울타리로 둘러싸인 뜰들을 지나자 탁 트인 광장이 나왔다. 이러한 광장들도 서로 연결되어 있었는데, 말하자면 하나의 광장은 보다 큰 다음 광장의 앞뜰인 셈이었다. (물론 사람들은 그런 광장이 있을 거라고 예측할 수 없었다.) 모퉁이를 돌면 교회의 뜰이든, 관청의 광장이든, 또한 그냥 신문 가판대 앞의 공간이든 늘 그런 광장을 만날 수 있었다. 그러나 정식 주랑을 통해 들어가는 최후의 가장 큰 광장은 일반적인 광장과는 달라 보였다. 그 광장은 포장이 되어 있지 않고, 점토색을 띠고 있었으며, 가운데 부분은 약간 급경사여서 비가 오면 바퀴살이 있는 링 모양의 홈통을 통해 빗물이 땅속으로 흘러들게 되어 있었다. 작가는 광장에서 광장으로 전보다 천천히 걸어 다니다가 이윽고 멈춰 섰다. 걸을수록 일에서 멀어지는 것이 아니라 일이 자신을 따라다니는 것 같다고 생각하면서, 그는 서재에서 멀리 떨어져 있었지만 여전히 작품 활동을 하는 듯한 기분에 사로잡혔다. 그런데 〈작품〉이란 무엇을 뜻하는가? 그는 재료란 거의 중요하지 않고 구조가 무척 중요한 것, 즉 특별한 속도 조절용 바퀴 없이 정지 상태에서 움직이는 어떤 것이 작품이라고 생각했다. 그는 모든 요소들이 자유로운 상태로 열려 있는 것, 누구나 접근 가능할 뿐 아니라 사용한다 해서 낡아 떨어지지 않는 것이 작품이라고 생각했다.

계속 가면서 작가는 거의 뛰다시피 했을지도 모른다. 강에서 가까운 광장은 도시에서 가장 낮은 지역이었지만 그는 마치 고원에서처럼 광장을 길게 대각선 방향으로 가로질렀다. 신발 밑창 아래에서 얼음이 깨지면서 온 사방에 무척이나 우아한 소리를 남겼다. 바닥은 지난해 이곳에서 팔린 크리스마스트리의 바늘잎으로 덮여 있었고, 점토가 섞여 이미 오래전에 진노랑색이 되어 있었다. 어쩌면 내일부터 다시 새로이, 광장 어느 곳엔가 가문비나무와 전나무로 뒤덮인 가상의 숲이 서 있을지도 모른다.

강으로 가는 길에 신문 가판대에서 신문을 한 부 샀을 때 그는 자신이 떨고 있다는 것을 알아차렸다. 그리고 문장을 거의 완성하지 못했다는 생각에 거스름돈을 계산하면서 실수를 저질렀다. 이미 종종 그랬듯이 그는 신문을 사면서 처음으로 실수를 저질렀다고 중얼거렸고, 가능한 한 걸어가면서 신문을 다 잘라버린 다음 휴지통에 집어넣어야겠다고 마음먹었다. 머리기사를 보는 순간부터 그는 말을 할 수 없었다. 판매원의 인사에 고개만 간신히 끄덕였을 뿐이었다. 갑작스럽게 대인 기피증에 사로잡힌 그는 우연히 행인을 만나자 움찔 놀랐고, 얼마 전 자신의 삶의 이력을 털어놓았던 그 누군가와의 만남을 피하기 위해 눈길을 옆으로 돌렸다. 작가는 늘 이렇게 넋 나간 사람처럼 행동했는데 물론 그런 상태를 핑계로 삼았다.

강의 다리 위에는 바람이 불고 있었지만 그는 바람

을 맞으면서 계속 걸어갔다. 그곳, 커다란 아치형 다리 위가 뜰이나 광장보다 더 추웠다. 거의 시커멓다 할 물 위로 안개가 피어올랐고, 추웠던 지난해 겨울에 떨어져 나갔던 얼음덩이가 상상 속에서 다시 모습을 드러냈다. 당시에는 다리 위가 너무 추워서 곧장 도망치지 않을 수 없었다. 그리고 그때와 마찬가지로 지금 그는, 강가 제방 아래쪽에서 물이 불어 범람하자 어떤 아이가 이리저리 달렸던 그해 여름을 또다시 체험했다. 그는 깡충깡충 뛰어가는 아이를 바라보며 아이가 거기서 그냥 놀고 있다고 생각했다. 그러다가 강물의 세찬 소리를 듣고 아이의 입의 움직임을 본 뒤에야 마침내 아이가 도와달라고 외치고 있다는 것을 알아챘다. 그 아이는 제방에서 떨어졌다. 그리고 그는 그 당시 높이 끌어올린 살아 있는 존재의 무게를 지금 이 순간 다시 한 번 두 어깨에서 느꼈다. 즉 그는 여름 나뭇잎 아래에서 머리를 흩날리며 달려가는 것 같은 짧은 바지를 입은 형상을 강 저편의 황량한 겨울 산책길에서 새로이 보았던 것이다.

다리의 중간 지점에서 작가는 난간에 몸을 기대고 섰다. 깃발을 꽂는 구멍은 비어 있었다. 강 하류의 수평선이 강렬한 빛을 내며 반짝였다. 저 너머의 교회 탑은 언제부터인가 마을에 속해 있었다. 도시의 많은 다리들이 계단식으로 배치되어 있었지만 모두 같은 높이인 것처럼 보였다. 그리하여 앞쪽의 사람들이 다니는 인도에서 다음 다리의 차들과 그다음 다리의 철도가 함께 달리는 것 같았다. 강이 굽어지는 곳에서는 희미한 빛에 의해 강물과 땅의 경계가 확연히 드러났다. 그때 거리의 소음 속에서 오후의 종소리가 요란하게 울리며 주말이 시작됨을 알렸고, 그 메아리가 오랫동안 공중에 머물렀다. 그리고 그러는 사이에 도시의 모든 차량이 움직임을 멈추고, 사방에서 엔진들이 새로이 시동을 거는 것처럼 느껴졌다. 다리 위의 갈매기들도 멈춘 듯하다가 다시 새된 소리를 내기 시작했다.

한편 강의 상류 쪽으로 향하던 그는 한참 더 그렇게 걷고 싶어졌다. 그는 정말 자기 성찰이라도 하려는 것일까? 그것은 그저 습관이 아니었던가? 물가에서 그를 향해 다가오던 물결이 그에게 자신의 힘을 전달해 주었다. 작가는 비록 집을 떠나 외로이 돌아다닌다 하더라도 도심 이곳저곳과 그 주변의 몇 구역을 알고 있는 다른 나라의 세계적 대도시에서 다시 살아 보고 싶다는 동경에 사로잡혔다. (수십 년이 지나도 이렇게 동경이라는 단어는 여전히 효력을 발휘한다.) 사람들은 모두 각자의 방식으로 같은 질문을 하며 그와 같은 이유로 그 구역들에 관심을 기울였다. 그는 자신의 분신들을 알려고 하지는 않았다. 다만 발밑의 땅이며 바람, 날씨, 여명과 해거름을 그들과 공유하려고 했을 뿐이다. 그러한 것들이 고국의 도시들에도 있다고 상상하는 것은 왜 그렇게 어려운가? 한 작가가 자기 집 창밑을 매일 지난다는 이유로 다른 어떤 작가가 결국 이사를 갔다는, 두 작가에 관한 일화를 그는 무엇 때문에 곧이듣는가?

그런데 그 순간, 일전에 같은 장소에서 자신을 〈동료〉라고 생각했던 바로 그 나이 든 남자가 정말 그의 길을 가로막았다. 교사로 일하던 그는 세계 대전에 참

전했다가 다시 교사로 일한 후 이제 은퇴하여 시를 쓰고 있다고 했다. 그 노인은 이런 기회를 오랫동안 기다렸다는 듯 인사를 하면서, 들뜬 목소리로, 아니, 거의 협박조로 자기 시들 가운데 하나를 그에게 직접 읊어 주었다. 그런 다음 그는 일상적인 이야기로 넘어갔는데 그의 시와 거의 같은 방식으로 음절과 운율에 따라 말했다. 물론 바로 그 때문에 그의 상대는 벌써 오래전부터 무언가를 받아들이는 게 불가능했다. 그는 의미는 알아듣지 못하고 단지 말만 들었다. 대신 그는 장님처럼 크게 뜬 노인의 맨눈을 똑똑히 바라보았다. 동공은 탈색되어 있었고, 언저리 부분에만 아직 색이 남아 있었다. 한쪽 눈의 눈물주머니가 바르르 떨리고 있었다. 그가 그렇게 노인을 계속 바라보고 있는 동안 노인은 분명한 발음으로 이야기를 계속했는데, 감격해서 그런 것인지 슬퍼서 그런 것인지는 몰라도 시종일관 윙윙거리는 고음으로 말을 길게 끌었다.

음식점은 강가에 있었고, 아직 거의 텅 비어 있어서 작가는 강이 바라보이는 곳에 자리를 잡을 수 있었

다. 강물은 산맥에 꺾인 것처럼 물살이 무척 세 보였
다. 그는 행인들의 실루엣을 쪼이며 여전히 다리 위에
서 움직이는 것 같은 기분이 들었다. 신문 쪽으로 고
개를 돌리기 전에 공기를 깊이 들이마신 그는 가장 먼
수평선을 척도로써 마음에 새겼다. 하지만 아무래도
소용없었다. 기사의 첫 문장을 읽음과 동시에 그의 마
음속에서 모든 종류의 사유가 중단되었기 때문이다.
그는 정보를 얻으려면 신문을 읽어야 한다고 자기 자
신에게 설득하곤 했다. (그가 신문 읽기를 거부한 시
기에 몇몇 그의 영웅들과 어려울 때 도움을 준 사람들
의 죽음에 관한 뉴스를 소홀히 흘려 버렸고, 애도하기
에는 너무 늦은 시기에 비로소 그것에 대해 알게 되지
않았던가?) 하지만 사실 그가 신문을 넘기며 대충 읽
는 것은 일종의 고질병이었다. 그는 신문의 어떤 기사
를 끝까지 읽는 경우가 드물었고, 기껏해야 대충 훑어
보기만 했다. 그러면서 그는 기사별로 광분과 경직이
라는 진기한 상태를 거듭하며 단숨에 신문을 읽어 내
려갔다. 사실 그는 처음부터 다시, 적어도 하나의 르
포 기사를 말 그대로 받아들이라고 스스로에게 거듭

명령했지만, 결국에는 그냥 쓱 훑어보면서 모든 의미를 파악했다는 것을 알아차리곤 했다. 그리고 그렇게 파악한 의미는 많은 시들과는 달리, 말 그대로 〈영혼 속에서 조용히 끝나는〉 게 아니라 독자를 완전히 무관심해지게 만들었다. 이런 경우 하나의 기분이 아니라 고질병에 시달리는 그 중독자는 뉴욕에서 파업이 일어나 아주 오랫동안 신문이 발간되지 않자 거기서 보낸 몇 달을 도로 찾고 싶어 했다. 그 당시에는 〈시티 뉴스〉라는 이름의 얇은 소형 판만 발간되었는데, 그 신문에는 지구상에서 일어나는 일들 가운데 꼭 알아둘 만한 가치가 있는 사건만이 몇 줄로 기록되었다. 그 당시 그는 이러한 도시 소식[5]을 기쁜 마음으로 꼼꼼히 읽어 보았다. 그런 다음 대부분의 사람들을 위해 아마도 〈마침내〉, 지하철의 입구마다 그 〈세계적 신문〉[6]이 다시 기둥 높이로 쌓일 때 그는 그러한 명예

5 Stadtnachrichten. 〈도시〉를 뜻하는 〈Stadt〉와 〈뉴스〉, 〈새로운 소식〉을 뜻하는 〈Nachrichten〉을 조합한 합성어. 앞서 등장한 신문 이름인 〈시티 뉴스City News〉를 독일어로 바꾼 표현.
6 Weltblatt. 〈Welt〉는 〈세계〉, 〈Blatt〉는 〈낱장의 종이〉, 〈신문〉이라는 뜻.

칭호가 오히려 신문의 면에서 풍기는 가벼운 분위기에 걸맞는다고 생각했다. 왜냐하면 모든 견해, 특별 보도, 칼럼과 시사 촌평이 독자의 머릿속에 말벌이 붕붕거리는 것과 다름없이 불필요하다는 인상을 남겼기 때문이다. 그리고 그가 보기에는 그것에 관한 견해 없이는 거의 언급할 것이 없다고 할 수 있는 〈문화〉 면이 번번이 가장 시끄러운 소리를 냈다. 사실 그는 가끔 비평도 하나의 예술이라고, 하나의 요점, 그것의 대상에 적합한 요점을 찾아내는 일이라고, 〈비전〉이라고 불러도 되는 일이라고, 모든 다른 예술 작품에서와 마찬가지로 이러한 비전을 양심적으로 펼쳐 보이는 일이라고 생각했다. 그렇지만 이를 위한 대원칙은 최상의 경우에 빈틈이 메워진 도식이고, 최악의 경우에는 재미는 진작 사라지고 그 즉시 간파할 수 있는 속셈만 남은 사기도박이다. 거기서는 비판을 하는 대신 엉터리 술수가 횡행한다. 젊은 시절의 꿈에서 작가에게는 문학이 모든 나라들 중의 가장 자유로운 나라였고, 이 나라에 대한 생각이야말로 일상적인 비열함과 굴종에서 벗어나 당당하게 동등한 능력을 얻을 수 있는 유일한 탈출구였다. 그리고 다른 많은 사람들에게도 이와 유사한 무언가가 눈앞에 아른거렸을지도 모른다. 그래서 이제 그는 어중이떠중이들이 모여든 소국, 또는 서로 원수지간이 되어 뿔뿔이 흩어지게 되는 소국 가운데 가장 전제적인 국가로 모두가 몰아 넣어졌다고 생각했다. 그들 가운데 가장 난폭한 자들조차 얼마 지나지 않아 외교관으로 변질되어 업무의 타성에 젖은 하수인들의 지배를 받게 되었다. 판별 능력은 없이 권력 의지에 사로잡힌 그런 하수인들은 추종하는 듯한 건실한 모습을 드러내 보이는 사람일수록 그만큼 길길이 날뛰며 먹잇감 주위에서 맴돌았다. 언젠가 그는 다른 작가가 임종을 맞는 자리에 참석한 적이 있었다. 그런데 그 후로 한참 동안 그는 신문의 문화 면에 실린 다른 어떤 내용보다도 그 일이 뇌리에서 떠나지 않았다. 비평이 좋은 의미에서 그의 관심을 다른 쪽으로 돌리고, 그를 화나게 하고 기분 좋게 했는가? 그는 비평에서 위협받는 것보다 비평이 일상적으로 되풀이되는 것을 훨씬 더 선호하게 된 것인가? 그뿐만이 아니었다. 멀리 떨어져 절망적인 시선으로 보면 그는 편집인들의 포로이기도 했다. (편집인들은 그에게 가족 이상의 존재로, 그가 꿈꾸던 청혼자들이었다.) 무언가를 읽을 만한 상황이 못 되는 고통스러운 순간에 그는 이런저런 신문에 어떤 견해들이 실렸는지 물었다. 얼마 동안 음모, 거의 극에 달한 분노와 더불어 일종의 독자적 세계나 지속성 같은 것이 작가가 임종을 맞은 방까지 찾아들었다. 분노한 환자는 그들의 마음을 꿰뚫어 보았다. 그리고 침대 모서리에 앉은 통신원은 마치 거기 드러누워 있는 자신의 모습을 보기라도 한 듯이, 욕을 하거나 고개를 끄덕이는 자신의 친구를 이해해 주었다. 하지만 머리를 뒤로 젖히고 죽음과 사투를 벌이고 있는 그 작가에게 막 인쇄된 신문의 견해를 계속 읽어 줘야 했을 때, 증인은 자신과 꼭 닮은 그 작가처럼 되지 않겠다고 굳게 다짐했던 것이다. 그는 그 작가에게 내려지는 부정적인 평가와 판단으로 이루어진 이러한 순환에 결코 다시는 관여하지 않으리라 다짐했다. 중립을 지키며, 옆 사람을 이용하지 않고 자신의 힘으로 계속 해나가는 것. 그렇게 몇 년이 흐르자 그의 명예가 회복되었다. 다시 무리들

속으로, 또는 점점 더 의견이 갈리는 조그만 무리 속으로 들어간다는 생각만 해도 원초적인 구역질이 일었다. 물론 그렇게 되면 그는 두 번 다시 그 무리에서 빠져나오지 못할지도 모른다. 왜냐하면 그런 다짐을 한 후 아주 오랜 시일이 지난 지금까지조차 그때처럼, 그가 처음에 자신의 이름과 혼동한 어떤 단어가 눈에 띄었기 때문이다. 하지만 그때와는 달리 이내 잘못 생각한 것을 깨닫고 마음이 홀가분해졌다. 어리석게도 그는 마음을 놓은 채로도 하나하나에 관심을 가질 수 있는 지역 소식 면을 훑어보았다.

마침내 신문에서 시선을 떼었을 때 작가는 태만히 굴고 있다는 생각이 들면서 격한 감정에 사로잡혔다. 뒤쪽에 있는 부엌문 옆의 탁자에서 여종업원의 아이가 줄곧 앉아 숙제를 하고 있었는데, 그는 그 모습을 좀 오랫동안 지켜보는 대신에 그냥 짧게 기록해 두기만 했었다. 그런데 잠깐 사이에 아이가 앉았던 의자가 비어 있었다. 그 의자, 공책에 철자를 그려 넣으며, 옆을 계속 오가는 엄마에게 그것을 자랑하던 아이가 앉아 있던 의자 위에는 이제 알록달록한 가방이 번쩍이며 놓여 있었다. 신문을 읽느라 시야가 흐려진 것 같았다. 옆 탁자의 모서리도 더 이상 또렷이 보이지 않았다. 그는 갑자기 신문을 옆으로 밀치고는 본의 아니게 다시 곁눈질을 했다는 것을 알아차렸다는 듯 메뉴판으로 신문을 덮어 멀리 치워 버렸다. 그런 다음 두서없이 메뉴판을 읽다가 탁자 아래 다른 의자에 놓으면서 마침내 둘 모두에서 시선을 거두었다.

그는 몸을 바로 일으켜 세웠지만, 가끔씩 와인으로 목을 축이며 잔 앞에 혼자 앉아 있었다. 이렇게, 무언가를 받아들이거나 생각할 능력이 없는 몽롱한 상태로도, 그는 그 장소에서 떠나려고 하지 않았다. 그에게는 점점 더 많아지는 사람들의 다리와 몸통만 보였을 뿐 그들의 얼굴은 하나도 보이지 않았다. 다행히도 사람들은 그에게 관심을 보이지 않았다. 여종업원은 한때 그의 이름을 알았겠지만, 오래전에 다시 잊어버리고 말았다. 잠시 동안 바깥의 강물이 반짝 빛났는데, 그 빛은 다름 아닌 물속의 어느 한 점에서 비롯된 것 같았다. 그때 한 떼의 참새가 강가의 황량한 나무 위로 날아왔는데, 활짝 편 날개들이 금세 또 하늘에서 사라진 구름과 연결되어 있었다. 그 옆 나무 가지에 앉아 있는 까마귀들이나 심지어 다리 난간에 불안하게 앉아 있는 갈매기들과 마찬가지로, 아주 조그만 새들이 나뭇가지에 앉아 꼼짝도 하지 않고 있었다. 비록 눈송이가 보이지는 않았지만 눈이 새들 위에 내릴 것 같았다.

그런데 바로 여기서, 날개는 거의 움직이지 않고 부리를 약간 벌린 채 한 곳을 응시하는 새들이 보이는 이러한 살아 있는 풍경에서, 관찰자인 그의 눈에는 그가 쓰고 있는 이야기의 배경인 여름 풍경이 떠올랐다. 라일락 숲에서 희고 셔츠 단추처럼 작은 꽃들이 빗발치듯 쏟아졌고, 호두나무에서는 과일 껍질이 둥글게 변하고 있었다. 분수의 물줄기는 하늘 위의 적운(積雲)과 맞닥뜨렸다. 양 떼가 곁에서 풀을 뜯는 시골의 밀밭에서 더위에 지친 이삭들이 탁탁 소리를 내며 터지고 있었고, 도시의 모든 하수구에는 바람에 흩날린 버드나무의 솜털이 떨어져 발목 깊이로 쌓여 있었다.

그곳은 너무 푹신푹신하여 저 아래 아스팔트의 바닥에까지 눈길이 갔다. 정원의 풀밭에서는 윙윙거리는 소리가 났는데, 그것은 꽃을 찾아드는 벌이 사라질 때처럼 붕붕거리는 소리가 되었다. 올해 처음으로 강에서 헤엄친 사람이 머리를 물속에 넣었다가 다시 물 밖으로 내밀었다. 그의 콧구멍에는 한참 숨을 참았다는 기색이 역력했다. 지금과는 반대로 언젠가의 여름에 작가는 겨울이 배경인 이야기를 상상하며, 고양이에게 장난삼아 눈덩이를 던지겠다고 자기도 모르게 무성한 수풀 속으로 허리를 굽힌 적이 있었다.

4

　이러한 광경에 기운을 얻은 그는 밖으로 나갔고, 사람들이 붐비는 골목을 지나 곧장 도시 바깥으로 나갈 용기를 얻었다. 그는 그 골목을 〈트로스가세〉[7]라고 불렀는데, 이는 아직 개별 존재로서의 인간과 마주친 적이 한 번도 없었고, 그도 대체로, 늦어도 골목의 중간 지점부터는 자기 생각에 빠졌기 때문이다. 그는 오랜 세월 동안 언제나 하나의 장소로서 이 구간을 다른 공간처럼 체험하고, 또 들어간 곳과 튀어나온 곳, 바라보이는 전망을 근거로 그 길을 묘사해 보려고 했다.

7 Troßgasse. 〈행렬〉 또는 〈추종자〉를 뜻하는 〈Troß〉와 〈골목〉을 뜻하는 〈Gasse〉의 합성어.

그런 식의 〈위치 파악〉이 작가의 일이라도 되는 것처럼. 하지만 그는 결국 그 골목이 끝나기 한참 전에 어떤 통로를 통해 슬며시 도망치곤 했다. 그런데 이번에는 골목 안의 서점을 말 그대로 머리를 치켜들고 지나쳤으니 좋은 징조가 아니겠는가? 평소 같았으면 혹시 자기 책이 있나 보려고 쇼윈도 안을 기웃거렸을 텐데 말이다. (그는 종종 가게 안을 들여다보는 버릇을 고쳤다고 생각했고, 그런 의기양양한 생각에 고무되어 자동적으로 고개를 옆으로 돌리곤 했다.)

길게 이어진 골목 — 출구라곤 도무지 보이지 않고 다만 굽은 길로 접어들 뿐인 — 은 높은 집들의 지붕이 드리워져 이미 어둑어둑해진 반면, 길게 이어진 하늘은 골목의 잔상이 어린 듯 아직 밝았다. 거의 숫자로만 이루어진 단조로운 광고 음악의 방해를 받으며, 모든 가게의 스피커에서 똑같은 캐럴이 흘러나왔다. 그 음악을 배경으로 한 무리의 사람들이 누군가를 기다리고 있었다. 그들은 하나같이 작가를 놓치지 않았다. 집들이 나타나기 시작하고 길이 좁아지는 곳에서 한 무리의 젊은이들이 그를 쳐다보았다. 그 눈빛이 담고 있는 것은 그에 대한 인정(認定)이 아니라 이해 불능, 심지어는 적의였다. 그는 그들이 어떤 문학 텍스트의 의미나 의도, 배경을 지정해야만 하는 학교에서 돌아오는 길일 것이라고 상상했다. 그리고 이제는 그들이 마침내 자유롭게, 다시는 책을 펼치지 않기로 하였고, 그러한 일을 강요하는 사람들을 예외 없이 경멸하자는 데 의견을 모았을 것이라고 상상했다. 그는 그런 그들의 생각을 비판할 수 없었다. 왜냐하면, 때때로 그 자신도 유감스럽게 생각하지만, 그는 대중 연설가나 가수처럼 자신의 직위에 자신감을 갖고 남 앞에 나서서 발언하는 자가 아니기 때문이다. 오히려 그는 늘 침묵하는 편에 가까웠고, 우연한 기회에나 발언을 했으며, 나중에 그것이 공개될 때면 외면하고 싶은 마음, 그러니까 부끄러움을 느꼈다. 심지어 금기를 어긴 것처럼 죄의식을 느끼기도 했다. 이런 생각은 단지 그의 마음속에서만 싹튼 것일까? 아니면 이미 오랫동안 전승되지 않았거나 결코 발생할 수도 없었던, 특정 국민 혹은 특정 독일어와도 관계가 있는 것일까? 그들의 기분 나쁜 시선을 받으며 그는 긴 골목 전체에 영화의 시퀀스가 펼쳐지는 것 같다고 생각했다. 그는 눈은 카메라, 귀는 녹음기라 생각하며 걸었다. 적지 않은 사람들이 그의 얼굴을 보고 놀라 멈칫했고, 곰곰 생각하는 기색이 역력했다. 그러니 그의 얼굴은 우체국에 붙은 수배자 명단에서 유일하게 X표로 지워지지 않은 사진 같은 것이 아닐까? 멀리서 무언가를 골똘히 생각하고 있던 몇 사람이 자신들에게 다가오는 그를 보고 갑자기 미소를 지었다. 하지만 친절한 마음에서 그런 것이 아니라 그가 어디로 갈지 마침내 알아냈기 때문이었다. 하지만 어떤 배역을 맡은 연극배우나 텔레비전 연설에 나온 정치가와는 달리 그를 보고는 그 무엇도 연상되지 않았기 때문에, 그들의 표정은 그 즉시 다시 굳어졌다. 작가는 딱 한 번 골목 한가운데서 그에 관해 무언가 알고 있는 것 같은 행인과 마주친 적이 있었다. 그는 아주 잠시 동안 자신이 독자의 시선을 받았다고 생각했다. 남자였는지 여자였는지 확실히 말할 수는 없었지만 ─ 그는 그자가 자신과 성별이 같을지도 모른다고 생각했다 ─ 그에게 고 마음을 표현하며 호의와 신뢰를 보이는, 그가 흔들림 없이 일을 계속하기를 기대하는 미간이 넓은 양쪽 눈은 분명 독자의 눈이었다. 그렇지만 바로 이러한 체험을 통해 그때까지 너무나 순조롭게 돌아가던 필름이 멋지고도 신속하게 덜거덕 하고 움직였다. 독자의 진지한 눈빛에 고무된 작가는 경솔해졌고, 이제 무리 속에 그와 같은 사람이 또 있을까 기대하며 사람들을 바라보기 시작했다(보기 드문 자가 나타난 곳에서는 즉각 제2, 제3의 인물이 뒤따를 것이 분명하다!). 그 순간부터 골목 끝에 이를 때까지 적군이 그의 뒤를 따라 행진했다. 쏘아보는 눈길들에서 그는 자신이 간접적으로 독자들에게, 책의 적대자들에게 노출되어 있다는 것을 알아차렸다. 하지만 그들은 하늘과 땅 사이의 모든 만물과 마찬가지로 자신들에게 그럴 권리가 있다고 주장했다. 그럴 만한 이유가 있다고.

그런데 그들의 악의는 그저 그의 망상에 불과했던 것이 아닐까? 아니다. 그들은 ── 그는 이미 종종 그런 현상을 체험했다 ── 정말 그 즉시 달려들 준비가 되어 있었다. 그들은 자신들이 싫어하는 것들의 화신인 작가를 덮쳐, 백일몽, 필적, 저항의 목소리, 그러니까 예술에 덤벼들려고 했다. 언젠가 내가 자유로운 길에서 나의 흙받기로 너를 붙잡을 때까지, 내가 나의 창구 앞에서 너를 대할 때까지, 네가 나의 명령으로 피고석에서 일어설 때까지, 사람들이 너를 격자 난간 침대에 묶어 놓아, 네가 결국 내가 놓는 주사를 매일 맞게 될 때까지 기다려라……. 그렇게 생각한 사람들 가운데 그 누구도 다른 사람과 결탁한 상태는 아니었다. 그를 겨냥하여 시선을 쏘아 맞춘 그 누구도 그의 전임자가 그와 똑같은 일을 했다는 것을 알지 못했다. 이렇게 무척 다양한 젊은이와 늙은이, 도시 사람과 시골 사람, 과거를 신봉하는 사람들과 진보적인 사람들은 오로지 공공연한 증오 속에서 관계를 맺고 있는 것으로 드러났다. 그는 그러한 증오를 — 명백한 관여와 직접적인 개입에 대해 고민하는 어떤 성실한 인간이 〈내가 풍경 화가이기 때문에 그녀는 나를 좋아하지 않았다〉고 이야기하는 체호프의 어떤 소설[8]을 생

---

8 단편 「다락이 있는 집」. 이 작품에는 농민 계몽에 적극적인 여주인공과 그에 적극적으로 동참하지 않는 풍경 화가가 등장한다.

각하면서 ── 〈풍경 화가에 대한 증오〉라 불렀다. 그는 적들의 전위대를 건녀냈고, 자주 그랬듯이 그럴싸한 독백을 조용히 늘어놓으면서 어쩌면 그 전위대를 진정시켰을지도 모른다. 하지만 그런 다음 수많은 적들이 그의 뒤를 따라왔고, 그는 남은 힘도, 스스로 특별한 능력이라 여긴 말없이 조정하는 응시의 능력도 잃어버리고 말았다. 다시 말해, 그가 미처 연관성을 파악하기도 전에 개개의 사물이 그의 영화 속으로 뛰어들어 그를 조롱했다. 그리하여 그는 두 손가락 사이에서 흔들거리는 안경테를 수갑과 혼동하고 말았다. 그리고 같은 모양으로 주름진 이마들과 드러난 치아들에서, 조금 전 탁 트인 광장에 있을 때와는 사뭇 다르게 자신의 초상을 보는 것 같은 기분이 들었다. 그는 자신의 주먹 쥔 손 안의 열쇠 꾸러미를 내려다보면서 오히려 자기 자신이 열쇠로 무장했다고 생각했다. 그리고…… 시선을 들어 하늘을 쳐다보았지만 혼잡은 되풀이되었다. 그가 다시 눈을 내리깔았을 때 도로의 둥근 포석 위에는 굳은 타르 속의 사람 발자국이 아니라 〈자연 보호 협회〉라는 문구가 적힌 하수구 뚜껑이 보였다. 그래서 그는 길을 벗어나 다른 곳으로 가지 않았고, 작업장이나 주택 쪽으로 들어가지도 않았다. 알록달록한 진열용 제품들과, 치아만 드러내면 생명체로 보일 마네킹들이 줄 지어 늘어서 있는 나지막한 가게들 사이를 밀치며 나아갈 뿐이었다. 그러는 동안 길에서는 장애인과 거지의 눈들이 죄지은 자들에게서 그들의 불행을 찾고 있었다. 그리고 혼잡스러운 아랫쪽과는 달리 위층 창문 쪽은 식물도, 조용히 앉아 있는 집짐승 한 마리도, 지구의도 없이 온통 텅 비어 있었다. (유일하게 어떤 창문 뒤에는 아직 젖먹이로 보이는 두 아이가 목 부분까지 드러낸 채 꼼짝도 하지 않고 앉아, 옆 얼굴을 보이며 두 손으로 서로의 머리카락을 움켜잡고 있었다.) 그런데 그토록 원만하게 진행되던 영화가 중단되고 말았다. 대신 소란스러운 가운데 작가를 겨냥하는 목소리와 소음이 더욱 또렷하게 들려왔다. 다시 말해 앞서 개별적으로 그에게 관심을 기울였던 많은 사람들, 그를, 바로 여기서, 자기 앞에 갖기를 원했던 많은 사람들이 놀랍게도 골목에 그대로 남아 있는 것 같았다. 그들은 정말이지 단도직

입적으로, 오래전부터 조금씩 준비해 온 상투적인 말을 목청껏 늘어놓을 것인가? 물론 그들은 그렇게 해서 그에게 도움을 청하려는 것이 아니라, 허공에, 또는 그들의 동반자에게 자신의 생각을 피력하려는 것이었다. 몇몇은 그저 속삭이며 이야기했고 그 바람에 〈누가?〉, 〈뭐라고?〉, 〈그게 무슨 말이야?〉, 〈왜 그것을 알고 싶지?〉와 같은 되묻는 소리만 들릴 뿐이었다. 손을 맞잡고 심지어는 부부처럼 얼싸안고 그를 염탐했던 사람들이 이제 그를 헐뜯으며 그 자리를 떠나갔다. 말뿐만 아니라 그들의 호흡도, 소리마저도 모두 그를 향한 것이었다. 어떤 사람이 유달리 틀리게 어떤 음률을 노래하는 동안 두 번째 사람은 있는 힘을 다해 하품을 했고, 세 번째 사람은 억지로 잔기침을 했으며, 그 전에 벌써 다음 사람이 쇠를 박아 넣은 산책용 지팡이를 휘둘렀고, 그의 뒤를 이은 사람은 코를 씩씩거리며 숨을 쉬었으며, 무언가를 긁어 대는 듯한 하이힐들의 합창 소리가 그것에 화답했다. 골목의 마지막 집들 부근에서 — 그러니까 그는 오늘 그렇게 먼 곳까지 간 것이다 — 작가의 패배가 또 한 번 입증되었다. 그가 자신을 부르는 소리에 문득 뒤를 돌아보았을 때 셔터를 누르는 소리가 들렸다. 그런 다음 검은 옷을 입은 어떤 사람이 그의 길을 가로 막고 집게손가락을 세워 들고는 〈당신의 문학을 기소합니다!〉라고 엄숙하게 통고했다. 이윽고 또 다른 사람이 그를 바라보지도 않고 〈내 아이를 위한 사인〉을 요구했다. 요구대로 사인하는 동안(동시에 그는 팔이 세 개였으면 좋겠다고 생각했다) 그는 자신이 글 쓰는 일을 마친 작가가 아니라 꾸며 낸 듯 우스꽝스럽게 작가 역할을 수행하고 있다고 생각했다. 그러니 자신의 이름이 떠오르기 전에 먼저 사인하는 것에 대해 곰곰 생각할 필요가 있지 않겠는가? 하지만 그는 자신에게 그런 일이 일어난 것이 당연하다고 중얼거렸다. 말하자면 자기 얼굴이 알려져 있다는 것을 인정한 것이다. 하지만 그는 직업 면에서 새출발할 가능성이 있지 않은가? 그럴 경우 그의 사본(寫本)이 단 한 장도 남아 있어서는 안 된다!

그는 골목이 넓어져 차가 다니게 된 길에서 자신이

가려다 실패한 무대로 다시 한 번 고개를 돌렸다. 그러면서 내는 책마다 〈성공을 거듭〉하곤 했던 어느 작가에 대해 생각했다. 그는 나라 전체에 더 이상 독자가 존재하지 않는다는 생각까지 했다. 그리고 처음에는 돛을 단 배처럼 서표(書標)들로 가득 차 있었지만, 깨어날 때쯤에는 그 서표들이 모두 사라져 버린 어느 책에 관한 꿈을 떠올렸다.

5

시끄럽게 차 소리가 나는 거리를 돌아다니는 일은 그에게 도움이 되었다. 수십 년을 살았음에도 쉽사리 마음의 평정을 잃는다는 것은 이상한 일이었다. 그토록 오랫동안 작품에 고무되어 열정적으로 일했음에도 여전히 확신 없이 살고 있다는 것도 이해하기 어려웠다. 하지만 그가 맹세한 것이 하나 있었다. 나의 오후는 작업이 끝나는 순간 시작된다! 그는 그때까지 더 이상 신문을 펼치지 않으려 했고, 골목을, 그러니까 도심을 피하려고 했다. 내 집이 있는 곳, 변두리로 곧장 나가자! 음식물을 취하고 음료수를 마시며, 몰입해서 바라보고 기록하면서 행인들의 대열에 끼어들기도 하는 그가 무엇 때문에 자기 집, 자기가 거하는 방, 허기도 갈증도 사람들과의 교제에 대한 욕구도 느끼지 못하는 방에 머물지 못한다는 말인가? 그곳에는 사방에 방위를 가리키는 연필들이 놓여 있고, 한낮의 마지막 빛을 받은 종이가 타자기 속에서 반짝이고, 부근의 작은 산에서는 일정한 간격으로 밤 비행기를 위한 신호를 보내오지 않았던가? 발자국들, 계단의 난간과 더불어 그의 집 전체가 위험 속에 방치된 듯한 느낌이다. 겨울 꽃을 피운 현관의 식물들은 자기들을 좀 봐달라고 요구하는 것 같다.

도로는 얼마 안 가서 벌써 고속 도로로 바뀌었다. 등을 맞대고 십자가에 달려 처형된 두 사람이, 하나는 시내 쪽으로, 다른 하나는 변두리 쪽으로 눈길을 보내며 건널목에 매달려 있었다. 그 아래 벤치에는 머리가 허연 사람이 몇 개의 비닐 봉투 사이에 앉아, 차 소리가 나는 쪽을 바라보며 인류를 향해 욕설을 퍼붓고 있었다. 옆을 지나는 사람에게는 그저 〈폐허가 된 오래된 도시는 자신의, 자신의 돼지를 찾아서, 그것을 직접 파괴시켜 버렸다!〉와 같은 말만 들릴 뿐이었다. 사람들은 그의 날카로운 목소리에 생기를 얻었고, 소리 나는 쪽의 뒤편에서 되도록 오랫동안 귀를 기울이며 자유롭게 활보했다. 얼마 전에 톱으로 켜서 넘어뜨린 플라타너스의 밑동에서 그 정신 나간 사람이 주문으로 불러낸 〈폐허 도시〉의 뾰족뾰족한 성벽과 첨탑을 정말 발견할 수 있을 것이라고 생각하면서.

갑자기 앞에 멈춰 선 자동차 운전자가 마음 홀가분하게도 단순히 길을 물었을 때, 방랑자는 길을 모르는 그런 사람들에게 더 많은 길을 가르쳐 주고 싶다고 생각했다. 그는 길을 찾지 못한 사람 모두를 계속 도와줄 수 있었을지도 모른다. 힘을 합쳐 무언가 일을 꾸미려고 갓길에 서 있는 것 같은 사람들의 무리는 정류장에서 버스를 기다리는 사람들일 뿐이었다. 그다음부터는 거의 주유소와 창고만 나왔고, 사이사이에 점점 더 많은 공터들이 나타났다. 도심 쪽을 돌아보는 사람들은 강을 보지도 않고, 지붕 위로 높이 갈매기가 날아다니는 것만으로 그곳에 강이 있다고 느꼈다. 나무들은 울타리 안쪽, 작고 하얀 꼭두서니로 가득 찬 덤불숲이 있는 곳까지 자라 있었다. 여름의 푸른 나뭇잎은 얼마나 다양하며, 지금 눈앞에 보이는 겨울의 회색 가지는 또 얼마나 다양한가? 전자는 멀리서도 구별할 수 있지만, 후자는 가까이에서만 분별할 수 있다.

회색에서 다른 색으로 바뀌는 이러한 수풀들 속에서 언뜻, 처음에는 광고용 모조품이 쓰러진 것처럼 보이는 어떤 알록달록한 물체가 눈에 들어왔다. 손가락을 말아 쥔 것을 보면 살아있는 사람 같았다. 머리카락이 거의 다 빠진 어떤 늙은 여자가 눈을 감은 채, 땅위가 아니라 나뭇가지 위에 배를 걸친 상태로 팔다리를 쭉 뻗고 있었다. 나뭇가지는 사람의 무게를 이기지 못하고 아래로 휘어 있어서 여자의 구두코만 겨우 땅에 닿았다. 몸 전체가 비스듬하게 매달려 있는 모습과 쭉 뻗은 팔이 나무우듬지에 불시착한 비행기를 생각나게 했다. 양말은 장딴지에 비비 꼬여 있었고, 덤불가시에 찔려서인지 찢어진 이마에서 피가 흐르고 있었다. 여자는 이미 상당히 오랫동안 그곳에 누워 있었던 모양인데, 그곳이 인적이 드문 길이었음을 감안하면 한참을 더 그렇게 누워 있어야 했을지도 모른다. 그 혼자서는 그 무거운 몸을 — 여자의 몸은 놀랄 정도로 따뜻했다 — 울창한 수풀 속에서 들어 올릴 수가 없었다. 하지만 그냥 지나칠 수 없는 이 광경을 보고 자동차 몇 대가 멈춰 섰다. 곧이어 무슨 일인지 묻지도 않고 도우려는 사람들이 달려왔고, 모두가 외투를 베고 누운 여자 곁에 모여 구급차를 기다렸다. 그들은 서로 알지 못했지만, 심지어 외국인들까지 뜻밖의 우연으로 다시 만난 오랜 이웃들처럼 담소를 나누었다. 서로의 이름을 묻지 않고도 화기애애하게 모여 있던 사람들은 불행한 일을 당했지만 아직 의식을 잃지 않은 여자의 이름도 묻지 않았다. 여자는 무척 총명해 보이는 큰 눈으로 자신을 발견한 작가를 내내 바라보고 있었다. 여자는 자기 집 주소도, 자기가 바라보고 있는 남자도, 자기가 어떻게 이 고속 도로 곁의 가시덤불 속으로 휩쓸려 들어오게 되었는지도 알지 못했다. 여자는 잠옷 위에 아침 가운을 걸치고 실내화를 신고 있었는데, 사람들은 여자가 양로원에서 나왔다가 길을 잃은 게 아닌가 하고 추측했다. 또 여자는 사투리가 섞이지 않은 독일어를 썼는데, 사람들은 여자의 억양을 듣고 어떤 특정 지역이 아니라 여자의 어린 시절을 떠올렸다. 말하자면 그녀는 어린 시절 이후 처음으로 다시 그런 목소리를 내는 것 같았다. 실제로 그녀는 자기를 발견해 준 사람에게만 시선을 고정시킨 채 단순한 음절이나 단발적인 소리만 냈다. 서로 연관성이 없어 알아듣기 어려웠지만 여자는 점점 더 분명한 목소리로 그에게 무언가 간절한 뜻을 전달하려고 했다. 그만은 그것을 이해할지도 모른다. 그것도 그 즉시. 중간중간 말이 끊어지는 바람에 다른 사람들은 이해하지 못했지만 여자는 소녀 시절부터 지금까지의 자신의 삶에 대한 모든 이야기를 그에게 들려주었다. 그리고 구급차의 보호 속에서 일종의 부탁처럼 그에게 자신이 하는 이야기를 꼭 기억해달라고 했다. 그래서 그는 무리와 헤어진 후 다시 혼자가 되었을 때, 어찌할 줄 모르는 늙은 여자에 관한 모든 것을 알아 버린 것 같은 기분이 들지 않았던가? 이미 오래전부터 문자 그대로의 지식을 통해서라기보다는 예감을 통해 더 많은 것을 얻었던 그가 아닌가? 그는 텅 빈 가시덤불을 바라보았고, 말아 쥔 손가락을 지닌 무거운 몸이 늘 새롭게 그곳에 팔다리를 쭉 펴고 누워 있는 모습을 예견했다. 「오, 머물러라! 너희들, 신성한 예감들이여!」

들판을 가로지르고 있을 때 눈이 내리기 시작했다. 〈눈이 내린다〉와 〈시작한다〉는 그에게는 서로 다른 두 가지 사실이라 할 수 없는 거의 같은 개념이었다. 그리고 〈첫눈〉은 초봄의 첫 노랑나비, 5월의 첫 뻐꾸기 소리, 여름의 첫 잠수, 가을날 베어 먹는 첫 사과와 같은 것이었다. 이렇듯, 세월이 흐를수록 사건 자체보다 기다림이 더 위력적이었다. 이번에도 그는 옷깃에 살짝 스치기만 한 눈송이를 벌써 이마 한가운데서 느낀 것 같은 기분이 들었다.

그는 평소처럼 탁 트인 들판을 대각선으로 가로질렀다. 눈 내리는 가운데 혼자 걸음으로써, 이제 막 얼어진 익명성은 계속 지켜졌다. 그것은 언젠가 〈한계의 제거〉나 〈자아의 제거〉로 불리었을 체험이었다. 마침내 바깥에서, 사물들 곁에서만 존재하는 것. 그것은 일종의 감격이었다. 순간 눈썹이 아치형으로 휘어지는 것 같았다. 그렇다. 이름에서 벗어나 존재하는 것은 정말이지 감동적이었다. 사람들이 중국의 전설적인 화가처럼 그림 속에서 사라진 것 같았다. 멀리서 트롤리버스[9]의 집게 팔이 촉수처럼 어느 키 큰 소나무를 쓰다듬으며 지나가는 모습이 보였다. 혼자 있을 때 투덜거리고 헛기침하며 씩씩거리는 그렇게 많은 사람들이 결국은 다시 움직여야 하는 삐그덕거리는 타자기를 생각나게 하는 것, 그리고 그의 경우에는 대체로 그와 정반대인 것은 이상한 일이다. 사물들과 함께 있을 때에야 비로소 그는 이름 없이, 올바로 움직였다. 지금 누군가가 그의 이름을 묻는다면 〈나는 이름이 없어요〉라고, 그것도 질문자가 바로 그 자리에서 그를 이해할 정도로 진지하게 대답했을지도 모른다.

9 Trolleybus. 레일 없이 가공 케이블만으로 운행되는 전차. 〈무궤도 전차〉라고도 한다.

자작나무 줄기들이 길 위에 잇따라, 지평선에 이를 때까지 줄지어 놓여 있는 것처럼, 처음에는 눈이 고속도로 중앙 분리대의 풀밭에 남아 있었다. 어떤 가시덤불에서는 눈의 결정(結晶)들이 저마다 가시에 찔린 채 옷깃의 주름 장식처럼 가시들을 에워싸고 있었다. 주위에는 아무도 없었지만 그는 발을 디딜 때마다 자기보다 먼저 간 사람의 발자취를 따라 걷는 것만 같았다. 그곳, 도시의 경계는 그가 낮에 책상에서 했던 작업에 상응하는 장소였다. 그는 달리려고 하다가 대신 시냇물 위의 나무다리에 멈춰 섰다. 비행기가 날아오르는 곳이라 시끄러운 소리가 들렸고, 시냇물의 바닥에는 풀이 뒤엉켜 자라고 있었다. 잠시 걷는 동안 하늘에서 흩날리던 눈송이 하나가 가을의 떡갈나무 열매처럼 단단하고 조그만 공 모양으로 바뀌어 시냇물 속 깊이 들어갔다. 그리고 그와 동시에 어스름 속 멀리 교외 쪽에서 컬링 경기의 공이 미끄러지며 부딪치는 소리가 들렸다. 그 소리를 듣자 잠시 동안이나마 선조들의 존재가 생생하게 느껴졌다. 그는 발목을 따뜻하게 감싸는 기분 좋게 묵직한 자신의 신발을, 그의 삶에서 처음으로 신은 걷기 편한 신발을 찬미했다. 「난 너희 선조들과 함께 항상 추격당할 위험에 처해 있었다. 하지만 내 너희가 있어 땅을 쿵쿵 밟아 대니, 무엇보다 너희가 내게 그토록 필요한 **제동 장치**로 기능하니, 너희는 위대하다. 그러니까 너희는 내가 지금까지 유일하게 깨달은 것이 느림이라는 것을 알고 있다.」

  그는 도시 변두리, 지붕이 얹힌 정류장 부스 속의 벤치에 자리를 잡았다. 반듯하게 앉아 느리게 숨을 쉴수록 몸이 따뜻해졌다. 눈이 떨어지면서 부스를 긁어 댔다. 부스는 잿빛으로 바랜 나무로 만든 의자 같았다. 뒷벽에는 아무 의미도 없는 흰 글씨들이 적힌 벽보가 겹겹이 붙어 있었다. 정류장 바로 뒤쪽에는 고속도로로 통하는 길이 나 있었다. 길이 갈라지는 곳에서는 간이식당이 불을 밝히고 있었고, 그 안에는 리넨으로 된 것 같지만 자세히 들여다보면 종이로 만들어진 높다란 요리사 모자를 쓴 남자가 보였다. 콧수염을 기른 그 남자는 손님이 없는데도 증기와 연기며 타오르는 불꽃 속에서 끊임없이 움직이고 있었다. 그의 뒤편, 양철통과 종이컵 옆에는 활 모양의 바늘이 있고 로마 문자가 적힌 구식 벽시계가 걸려 있었다. 외곽 도로 건너편에는 인공 언덕과 운전 연습장이 있었다. 그곳은 이웃해 있는 캠핑장과 마찬가지로 겨우내 닫혀 있었다. 그 뒤에 있는 몇 그루의 포플러나무들은 오래된 가로수 길의 나머지 부분을 차지했는데, 나무마다 새 둥지가 하나씩 달려 있었다. 그 길과 맞닿은 곳에는 그루터기 투성이의 사바나가 펼쳐져 있었다. 그 위로 옛날 군사 도로의 콘크리트 길이 나 있었는데, 장갑차가 다닌 흔적이 아직까지 남아 있었다.

온 세상에서 이곳으로 몰려온 것 같은 자동차들의 소음이 깃든 도시 변두리의 이 모든 풍경은 국내의 여느 지역과는 달리, 머물러 있기 좋은 꿈속의 경계 지역처럼 그에게는 살 만한 곳으로 생각되었다. 그는 흩어져 있는 막사들 가운데 뒤편에 정원이 있고 곧장 초원으로 이어지는 곳이나 갓 달린 전등이 노란 빛을 내는 창고의 식품 저장실 위에서 살고 싶었다. 몇 자루의 연필, 탁자 하나와 의자만 있으면 충분했다. 도시 변두리에서는 마치 개척 시대가 계속 이어지고 있기라도 하듯이 싱그러움과 힘이 넘쳐나고 있었다.

　그는 바로 그 장소에서 무언가를 읽고 싶은 욕구에 사로잡혔다. 그가 수중에 지니고 있는 것은 미국에서 온 그림엽서뿐이었다. 하지만 거리의 눈부신 조명에도 불구하고 이번에도 옛 친구의 글씨를 판독하는 데 성공하지 못했다. 그 글씨는 대륙을 관통하는 — 우표마다 다른 소인이 찍혀 있었다 — 수수께끼 같은 미로의 지그재그를 점점 더 모방하는 것 같았다. 앞면에는 사람이라곤 찾아볼 수 없는 자연, 황무지, 협곡, 시에라 산맥 같은 늘 똑같은 풍경이 보였고, 뒷면의 글에서는 세월이 흐르면서 그나마 알아볼 수 있었던 최후의 철자들마저 사라져 버렸다. 얼마 전까지만 해도 평행선, 반원 및 구불구불한 선이 아랍적인 것을 생각나게 했다. 하지만 그러는 사이에 선들은 본래의 형태를 잃어버렸고, 선과 선의 간격도 너무 넓고 불규칙해져서 이제는 어떠한 연관성도 발견할 수 없었다 (주소와 마지막에 쓰인 이름과 함께 〈변함없이As ever〉라는 표현만은 예전처럼 또렷하게 쓰여 있었다). 선들을 대신하여 끼적거려 쓴 검은 글자들이 관찰자에게 다음과 같은 사실을 전달했다. 펜을 눌러 쓴 것, 펜의 이중(二重)의 교미욕, 잉크가 튄 얼룩에서 뚜렷이 드러나는 격렬한 긴장. 종이는 늘 새롭게, 번번이, 헛되이 공격당하는 것 같았다. 하지만 또 다른 무언가가 사람의 손이 닿아 훼손되고 지워진 설형 문자로부터 출발했다. 하나의 위협이자 수취인에게 달려드는 죽음과 종말의 전조가.

도시 주변의 주거지 끄트머리에 위치한 작은 도로로 접어들면서, 문자를 판독하느라 긴장한 나머지 눈빛이 날카로워진 그가 고개를 들었다. 어둠이 주위를 에워싼 가운데 도로 끝에 있는 거울에 밝고 조그만 사각형 모양으로 낮의 하늘이 비쳤다. 옹기종기 모여 있는 집들은 하늘 아래서 아주 작아 보이는 동시에 높아 보였고, 지붕들은 뾰족한 탑 모양을 하고 있었다. 실제로는 곧바른 도로 자체도 구부러지고 볼록해 보였고, 도로가 끝나는 지점, 집들 사이의 뜰에는 원경이 어른거리는 것 같았다. 마치 거기서 길이 끝없이 이어질 것처럼. 거울에 비친 상에는 계절이 없었다. 하늘의 눈은 떠다니는 씨앗일 수 있었고, 땅 위의 눈은 떨어진 꽃잎일 수 있었다. 둥근 모양의 상을 통하여 공허는 그의 마음속에서 광채를 얻었고, 이러한 공허 속의 사물들, 즉 유리 컨테이너, 대형 쓰레기통, 자전거를 세워 두는 기둥은 무언가 느긋한 분위기를 자아냈다. 그래서 이 모든 것을 바라보면서 숲속의 빈터를 향해 가야 할 것만 같았다. 거울 속에서는 생물체들도 어딘가 달라 보였다. 어떤 슈퍼마켓 앞에는 어른과 아이들이 시간이 있어서인지 함께 조용히 서 있었는데, 거울에 의해 가까이 있는 듯 비친 상으로 그 크기가 아주 또렷이 구별되었다. 도로에는 자동차 대신 거대한 새 한 마리가 불현듯 나타나 밝은 곳에서 크게 날갯짓을 하면서 관찰자를 향해 커브를 그리며 날아왔다(그런 다음에는 분주하게 날갯짓을 하고 쩍쩍거리는 소리를 내며 그의 곁을 지나쳐 날아갔다). 주택 단지의 외곽에 있고, 지금은 이용하는 아이들이 없는 정사각형의 놀이터는 거울에 의해 굴절되어 타원형으로 보였다. 하지만 거기에, 적막한 가운데 오랫동안 흔들리고 있는 그네 하나가 보였다. 그러다 아이가 그네를 다시 흔들었고, 눈바람 속에서 그넷줄만이 홀로 몸을 떨었다.「공허, 나의 기본 원칙. 공허, 나의 애인.」

6

그 후 별다른 일이 일어나지 않았지만 그는 이날
이미 충분한 체험을 해서 그다음 날이 안전해졌다는
기분이 들었다. 그는 구경거리든 대화든 새로운 일이
든 오늘은 더 이상 아무것도 첨가할 필요가 없었다.
단지 눈을 감고 푹 쉬면서 건성으로 듣기만 하면 되었
고, 숨을 들이쉬고 내쉬는 것 말고는 아무런 일도 할
필요가 없었다. 더 이상 빛 속이나 야외가 아니라 어
둠 속, 집이나 방 안에 있기만 하면 되었다. 하지만 그
는 혼자 있는 것에 질리기도 했다. 시시각각 온갖 종
류의 망상을 두루 체험해서, 끝내 머리가 터질 것 같
은 기분이 들었다. 게다가 몇 년 전 오후마다 누구의

눈에도 띄지 않은 채 혼자 샛길로 가곤 했을 때에도 그는 이상하게 가슴 답답한 기분을 느끼며, 자신이 공기 중에 해체되어 더 이상 존재하지 않는다고 생각하지 않았던가?

그리하여 그는 한편으로 더 이상 아무것도 체험하지 않기 위해, 그리고 다른 한편으로 미치지 않고 반대로 어느 정도 건강한 축에 속하는 몇몇 사람들 가운데 한 명인 그가 번번이 사람들과 어울리며 체험한다는 것을 확인하기 위해 이제 도시 변두리의 그가 〈카셈메〉[10]라고 부르는 음식점으로 들어갔다. 그곳은 삼각형 모양의 길모퉁이에 자리잡고 있었고, 몇 달 일하는 동안 간간이 그의 목적지가 되어 왔다. 그는 심지어 가게 뒷편, 네거리와 중고차 시장이 내다보이며 주크박스와 가까운 벽 가의 오목한 곳에 자신의 자리까지 갖고 있었다. 하지만 그가 이번에 번잡한 곳을 헤치고 나아갔을 때 그의 자리는 벽으로 메워져 있었다. 잠시 동안 이곳의 어느 공간, 이곳의 인공 불빛과 담배 연기 속에만 속할 수 있는 한 사람 한 사람의 얼굴

10 Kaschemme. 〈싸구려 술집〉이나 〈도둑의 소굴〉을 일컫는 말.

을 인식할 때까지 그는 자신이 술집을 혼동해서 잘못된 장소에 와 있다고 생각했다. (그들이 낮에 도심에서 개별적인 인간으로서 그를 만났더라면 그는 그들과 어디로 가야 할지 알지 못했을 것이다.) 그는 가게 안의 어느 자리에 앉아 그곳에 모인 사람들을 바라보면서 불현듯 이들 각자에게 어떤 특이한 점이 있다고 생각했다. 그는 적지 않은 사람들의 삶을 통째로 알아버리곤 했지만, 다음 날 대부분을 잊어버렸다. 반면에 그가 가슴에 간직한 것은 특정한 관용적 표현, 외치는 소리, 몸짓과 말투였다. 첫 번째 남자는 언젠가 이런 표현을 했다. 「내가 옳으면 나는 흥분하고, 내가 옳지 않으면 나는 거짓말한다.」 두 번째 남자는 규칙적으로 등골이 오싹해진다는 이유로 일요일마다 미사에 참석했다. 세 번째 여자는 매번 바뀌는 애인을 〈나의 신랑〉이라고 지칭했다. 네 번째 남자는 언젠가 그의 말을 듣는 사람들에게 침을 튀기며 이렇게 고함을 질렀다. 「난 끝장이야!」 삶에서 모든 것을 달성했다는 말을 계속해서 되풀이하곤 하는 다섯 번째 남자가 손목 관절을 만진 일이 특히 기억에 남았다. 이는 불안

85

해하는 한 인간이 절망감을 드러내는 것과 마찬가지로 애틋한 접촉이었다. 그 장소 자체가 불확실한 것처럼 그곳에서 이루어지는 모임도 불확실했다. 두 개의 큰 방 중 하나에는 정크 선(船)을 찍은 컬러 사진과 사슴뿔이 걸려 있었다. 다른 방에는 시골풍의 약간 고상한 무도장 위의 천장에 고급 별장처럼 석고 장식이 되어 있었다. 구석진 자리에 있는 단골 탁자 — 흔하디흔한 통나무 탁자 — 에는 언제나 같은 사람들이 앉아 있었다. 하지만 그들 사이에 어떤 공통점은 없었다. 실크 양복을 입은 책임자는 지금 위층의 어느 방에 살고 있는 이전 주인 옆에 펠트 실내화를 신고 앉아 있었다. 책임자의 옆자리에는 외지에서 고향으로 돌아온 사람이 어느새 〈시설 감시자〉의 제복으로 갈아입고 앉아 있었다. 책임자의 맞은편에는 언제나 달리는 사람의 복장을 하고 있는 실직한 선박 승무원이 간호사인 그의 신부와 함께 앉아 있었다(의자 아래에는 오토바이 헬멧이 놓여 있었다). 두 공간에 있는 다른 모든 사람들도 이 탁자에 적응했을지도 모른다. 그들 모두의 공통점이라면 아마도 〈태어날 때부터!〉 지금까지의 자신의 삶에 대한 적어도 1000페이지는 되는 책을 쓸 생각을 하고 있다는 사실일 것이다. 그렇지만 그들의 삶에 대해 물어보면 대체로 사소한 일, 예컨대 밤중에 창밖으로 불타는 오두막을 바라보는 단순한 시선, 또는 뇌우가 쏟아진 거리의 흙탕물에 대한 대답이 돌아왔다. 물론 그들은 이러한 부수적인 일이 삶 전체를 대변하기라도 하듯이 때때로 열정적인 어조로 말하기도 했다.

카셈메에서 보낸 저녁은 순조롭게 시작되었다. 사람들은 그에게 신경 쓰지 않는 것처럼 행동했지만, 그가 어디에 서 있든 어디로 가든 그에게 곧바로 ─ 지나치다 싶을 정도로 서둘러서 ─ 자리를 내어 주었다. 그러는 사이에 그들은 그가 이곳에 온 것이 자기들을 관찰하기 위해서나 〈소재를 모으기〉 위해서가 아니라 그도 그들과 같은 변두리 인생이기 때문이라는 것을 알게 되었다. 그는 글을 쓰며 힘든 하루를 보낸 후에 주크박스의 키를 누르면서 단지 숫자에 불과한 것들이 베푸는 선행(善行)을 느꼈다. 아직 가곡이 시작되기 전에 — 여자 목소리의 노래가 끝난 직후였을 것이다 — 그 기구는 윙윙 울리다가 덜컹거리기 시작했다. 음악 소리는 거의 방해받지 않고 계속 흘러나왔지만 그는 소리가 이어지지 않고 끊어지는 순간을 이따금 식별했다. 도박판에서는 어떤 사람이 번번이 보이지 않는 하늘을 바라보는 반면, 다른 사람들은 자신의 패를 손에 꼭 쥐고 그를 흘낏흘낏 쳐다보았다. 문에서 가까운 탁자에서는 통근하는 사람들이 마을로 돌아가는 마지막 버스를 기다리고 있었다. 사람이 앉지 않은 탁자에는 〈예약〉이라고 쓰인 팻말이 서 있었고, 탁자는 분명히 무언가를 축하해야 하는 일행을 기다리며 무언가로 덮여 있었다. 한동안 다른 가게에서 수습 생활을 했던 주인집 딸이 크고 흰 냅킨으로 그곳에 마술을 부려 놓은 것이다. 그러니까 그녀는 냅킨을 부채처럼 접어 나란히 펼쳐 놓았다.

창턱의 분재 식물들 사이에서 잠자고 있는 고양이가 자기 고양이와 너무 닮아서, 그는 처음에 고양이가 자기보다 먼저 이곳으로 달려왔다고 생각했다. 커튼 틈으로 앉은 사람들과 선 사람들로 가득 찬 저녁

버스들의 끝없는 행렬이 보였는데, 흐릿한 유리창을 통해 언뜻 보니 사람들의 얼굴이 서로 달랐다. 그때 관찰자의 머릿속에 그의 방 창문 앞에 서 있는 여름 나무가 떠올랐다. 언젠가 오랫동안 몰입해서 글을 쓰다가 종이에서 눈을 떼고 그 나무를 쳐다보았을 때 그의 눈에는 나뭇잎 하나하나며 그 형태뿐만 아니라 나뭇잎들의 전체가 뚜렷하게 들어왔다. 여름날 즐겁게 일을 마치고 난 그의 환상 속에서 형상들이 느릿느릿 춤을 추었다. 깃털 모양의 양치류 잎들이 있는 돌계단에서부터 구름의 그림자가 드리워진 고원까지는 오르막길이었다. 하나를 제외하고는 모두 나선 모양을 하고 있는 그 양치류 잎들은 모두 주교(主敎)의 지팡이처럼 아랫부분만 풀려 있었다. 고원의 어느 나무에서는 벌들이 붕붕거리며 인간의 단조로운 합창을 떠올리게 했다. 거기서 국도로 이어지는 곳에서 눈에 파리가 들어간 자전거 운전자가 눈물을 흘리며 갑자기 자전거 브레이크를 밟았다. 뇌우가 퍼부을 모양인지 호수로 내려가는 길은 컴컴하고 텅 비어 있었다. 호숫가에는 한 노인이 매점의 호위를 받으며 밀

짚모자를 쓰고 앉아 있었는데, 그의 옆에는 맨발의 손자가 있었다. 그때 세찬 돌풍이 깃발을 그들 발 앞에 날려 보냈고, 마침내 개똥벌레 한 마리가 밤의 정원에서 깜깜한 집을 향해 날아들어 구석구석을 밝혀 주었다. 한쪽 구석에는 메뚜기 한 마리가 웅크리고 있었다. 구체적인 형태를 띠고 계속되는 환상이 그를 현재에서 끌어내 무아경에 빠뜨렸는가? 아니, 환상은 오히려 얽힌 매듭을 풀어 주고 현재를 해명해 주며 개별적인 것들을 연결시켜 주지 않았는가? 그러한 환상이 모든 것에, 즉 카운터 뒤편, 계속 물이 나오는 수도꼭지 옆에 있는 맥주가 똑똑 떨어지는 맥주통의 꼭지며, 가게 안의 모르는 사람들과 바깥의 실루엣에 이름을 부여했는가? 그렇다. 그가 그런 식으로 환영을 보는 동안 그의 눈에는 현재 눈앞에 있는 사물들과 사람들이 보였다. 그렇지만 그 여름 나무의 무수한 나뭇잎들이 하나로 연결되어 있듯이 그는 그것들을 헤아릴 필요가 없었다.

그러한 현실에 직면하자 지금 그에게 무엇이 부족한지 분명해졌다. 여성의 형태로 아름다움이 첨가될

필요가 있었다. 유독 그에게만이 아니라(왜냐하면 언어를 갈고 닦는 생활을 시작한 이후로 그는 자신의 몸도 거의 잃어버렸다는 생각이 들었기 때문이다) 공간 안에 있는 그들 모두에게! 언젠가 한번 이곳에서, 문이 열림과 동시에 갑작스럽게, 그러한 현상이 실제로 모습을 드러내지 않았던가? 전화기를 찾는 중이었을까? 아니면 담배를 사려고? 시내로 가는 길을 물어보기 위해? 어쨌든 그녀의 등장에 흐릿한 싸구려 술집 전체가 비로소 깨어났다. 사람들은 보다 나지막하게 말하거나, 특별히 눈길을 돌리지 않고 자신과 대화하는 상대방에게만 그러는 척했지만 아름다운 여자가 출현한 시간 동안 모두가 자신의 가장 고상한 면을 보이려고 했다. 그리고 그녀가 떠나간 후에도 — 그때도 그녀에 대한 말은 한마디도 없었다 — 남아 있는 사람들은 수줍은 마음 때문에 계속 하나가 되었는데, 그러는 중에 번번이, 이상스러울 만큼 모두의 눈이 똑같이 활기를 띠었다. 벌써 오래된 일이었지만 그는 낯선 여자가 다시 나타날지도 모른다는 희망을 갖고 문 쪽으로 가끔 고개를 돌렸다. 그만 그랬을까? 하지만 그녀는 결코 오지 않았고, 오늘도 마찬가지였다. 그녀가 부재하는 상황이 고통스러워 그는 거의 화가 날 지경이었다. 문은 변함없이 닫혀 있었다. 대신 자욱한 연기 때문에 잘 보이지 않는 카운터로부터 술 취한 남자가 다가왔다. 탁자 곁으로 다가온 남자는 마치 애꾸눈을 가진 사람처럼 먼저 위에서 아래로 수첩과 앞에 앉은 사람을 뚫어지게 바라보다가 그 앞으로 덤벼들며 다짜고짜 말하기 시작했다. 얼굴을 얼마나 가까이 들이댔는지 얼굴의 윤곽이 순간 날아가면서 파르르 떨리는 눈꺼풀과 턱 아래에 앉은 파리만이 또렷하게 보였다. 그의 이마에는 피를 흘린 것으로 보이는 긁힌 자국이 있었다. 또 그의 몸에는 썩은 시체에서 유황에 이르기까지, 그야말로 세상의 온갖 악취가 깃들어 있었는데, 비단 땀 때문만은 아니었다. 하지만 사람들이 그의 입에 귀를 바짝 갖다 대었음에도 불구하고 그의 입에서 나온 어떤 단어도 다른 사람에게 분명히 전달되지 않았다. 그는 외국어를 쓰지 않았다. 입술을 들썩이며 재빨리 혀를 놀리는 것은 모국어를 쓴다는 확실한 증거이기 때문이다. 문제는 그가 소곤소곤 속삭이는 소리조차 내지 않는다는 데 있었다. (들리는 소리라곤 그가 자신의 뺨을 자꾸 쓰다듬는 소리, 말하는 중에 공기를 들이마시는 소리, 조율된 악기에서 나는 것처럼 길게 끌리는 소리뿐이었다.) 듣는 사람이 좀 크게 말하라고 요구할 때마다 그는 어깨를 치켜들고 목을 쭉 뻗으며 소리를 키웠지만, 곧 예전과 같이 나지막한 목소리로 되돌아갔다. 그는 말하면서 자기 앞사람을 쳐다보지도, 그를 위해 어떤 제스처를 쓰지도 않았지만 그가 말하려고 하는 것이 오로지 앞사람을 향한 것만은 분명했다. 그는 앞사람에게 무언가 중요한 것을 전달하려고 했다. 그리고 한동안 앞사람은 자신이 들은 내용을 실제로 이해하는 것 같았고, 적당한 대목에서 고개를 끄덕이는 것처럼 보이기도 했다(그가 알아들었다는 듯이 웃었기 때문이다).

하지만 그 후 갑자기 — 종종 너무 쉽게 나오는 이 말은 거기서 벌어지는 일과 일치했다 — 그는 그들 두 사람만이 아는 비밀스러운 연관성을 잃어버렸고, 이와 동시에 갑작스럽고도 불가사의하게 다음 날 아침에 쓸 글의 연결점을 잃어버렸다. 그는 오후가 지나는 중에 다음 날에 쓸 글을 확실히 생각해 냈다고 생각했고, 그 연결점이 없으면 작업을 계속할 수 없었다. 마지막 문장에 이르기까지 모든 문장이 하나하나 이미 그의 눈앞에 아른거렸다. (문장들을 순서대로 올바로 배치하는 것만이 중요한 문제였을지도 모른다.) 그런데 갑자기 이 모두가 더 이상 아무런 쓸모가 없어진 것이다. 돌이켜 보면 그가 여름 이후로 지금까지 해낸 모든 것, 마지막 순간에 그의 힘을 북돋워 준 그 모든 것이 그 순간에는 아무것도 아닌 것으로 여겨졌다. 처음에 그는 그 이유를 숨을 쉴 때 환상을 방해하기도 한 카셈메 안의 연기 탓으로 돌렸다. 그러고는 타일과 흐르는 물 앞에서 마음을 가다듬기 위해 시원한 화장실로 갔다. 하지만 거기서도 그의 마음속에서는 아무런 말도 들려오지 않았다. 즉 그의 작품은 여태껏 존재하지 않았던 가벼운 집처럼 느껴졌다. 거울 속에는 그의 적이 보였다. 그는 마지못해 알아들을 수 없는 말을 하는 자의 포로가 되어 탁자로 되돌아왔다. 그러는 사이에 위압적인 모습으로 기다리던 그자는 똑바로 일어나 가슴을 내밀고, 마치 풀쩍 뛰어오르는 것처럼 중단했던 애매한 말을 다시 내뱉기 시작했다. 언뜻 상대의 말을 듣는 것으로 보였을 그는 밤중에 자주 악몽에 시달렸다. 그가 악몽을 꾸는 경우는 오로지 글을 쓸 때뿐이었다. 꿈속에서는 어떠한 사건도 일어나지 않았지만 밤새도록 늘 똑같은 판결이 되풀이되었다. 다시 말해 낮 동안 쓴 것이 단순히 무가치하고 무의미한 것이 아닐지라도 — 그래서도 안 되지만 — 글을 쓴다는 것은 죄가 되는 일이었다. 예술 작품, 즉 책의 월권행위는 다른 어떤 죄악을 저질렀을 때보다 더한 영겁의 벌을 받게 되는 가장 고약한 죄악이었다. 그는 하루 일과가 끝나 버린 지금 이때에, 멀쩡한 정신으로 용서받을 수 없는 죄악을 저질러 세상에서 영원히 추방된 자가 된 듯한 감정을 체험했다. 물론 꿈속에서와는 달리 그는 자신의 문제 — 글쓰기, 묘사하기, 이야기하기의 문제 — 에 대해 체계적으로 질문할 수 있었다. 그의, 작가의 일이란 무엇인가? 그가 사는 세기에 아직 그런 사람이 존재한다는 말인가? 단순히 보고되고 기록으로 보관되거나 역사책의 소재로 쓰이는 것이 아니라, 서

사시나 그저그런 가요의 형식으로라도 자신의 의미가 전승되기를 행위나 외침으로 부르짖는 어떤 종류의 사람이? 그런 사람이 자신의 이름이 거론되기를 원하는가? 그는 어떤 신에게 찬사를 늘어놓아야 하는가? (어느 누가 부재하는 신에 대해 고소를 제기할 수 있을까?) 그리고 통치 기간을 축포로만 축하해서는 안 되는 장기 통치자는 어디 있단 말인가? 플래시를 터뜨리지 않고 자신의 임기를 시작한 그의 후계자는? 귀국하면서 브라보를 외치고, 세모꼴의 작은 깃발을 흔들고, 팡파르까지 동원하는 환영받지 않은 올림픽 우승자는? 이 세기의 어떤 민족 살해자가 온갖 핑계로 감옥에서 빠져나오는 대신에 단 한 편의 테르치네[11]를 통해 영원히 지옥으로 보내질 수 있었던가? 반면에 더 이상 단순히 공상의 소재가 아닌 오늘 내일 당장 가능해진 세계 멸망에 직면해서 나무, 풍경, 계절과 같은 혹성의 사랑스러운 대상들을 어떻게 연(聯)이나 절(節)의 형태로 표현할 수 있겠는가? 영원

11 Terzine. 이탈리아어 〈테르차 리마Terza rima〉에서 유래한 것으로, 3개의 시행(詩行)이 하나의 연을 이루는 이탈리아 시의 형태를 말한다. 단테의 『신곡』이 대표적이다.

(永遠)의 풍경은? (그런데 그 순간은 지금 어디에 있단 말인가?) 현실이 이러한데 그가 예술가라는 것을, 그의 안에 세계의 내부가 있다고 주장하는 것을 누가 입증할 수 있단 말인가? 이러한 질문에 다음과 같은 대답을 할 수 있다. 글을 쓰기 위해 나는 이미 오래전에 나를 격리시키고 옆으로 밀어 놓으면서 사회인으로서 나의 패배를 시인했다. 나는 평생 동안 자신을 다른 사람들로부터 배제시켰다. 그들의 비밀을 잘 알고 있는 내가 환영받고 포옹받으며, 여기 사람들 사이에 끝까지 앉아 있을지라도 나는 결코 그들에게 속하지 않을 것이다.

혼자 중얼거리는 말의 결과에 이상하게 동의해 버린 그는 마음을 가라앉히고 식탁 옆자리에 앉아 여전히 입술을 움직이는 남자와 눈을 마주쳤다. 남자는 더 이상 눈을 깜빡거리지 않았다. 하지만 눈을 움직이지 않는다고 해서 〈무언가를 응시〉하고 있는 것은 결코 아니었다. 그 눈은 넋이 나간 상태에 있는, 즉 배신하고 있는 그, 자신의 동지라고 추정되는 그를 포착했다. 아주 잠깐 경멸하는 시선을 보낸 후 남자는 아주 천천히 고개를 돌렸다. 그리고 그가 그렇게 고개를 돌린 상태에서 알아들을 수 없는 말이 마침내 들려왔다. 그는 〈넌 약해. 넌 거짓말을 하고 있어!〉라고 말한 후에 불평하는 듯한 말투로 동료들을 향해 말했다. 「여러분은 모두 내가 누군지 모른다오.」 그리고 마침내 그는 낯선 수첩을 집어 들고 즉석에서 아직 비어 있는 페이지에 점과 나선형을 마구 그려 넣었다. 그러고 나서 몸을 일으킨 그는 총보(總譜)를 따르듯이 그가 그린 가는 선들에 의해 지배받는 것 같은 사람들과 함께 지체 없이 춤을 추기 시작했다.

춤을 추던 남자는 몸을 구부려 갈지자로 걸으면서도 우아함을 잃지 않은 채 혼잡한 가운데 순식간에 사라져 버렸다. 옆 탁자에 남은 그는 직접 대화를 나눠 본 적은 없었지만 자신이 〈입법자〉라고 부르는 손님을 바라보았다. 그보다 더 젊은 그 손님은 언제나 똑같은 가죽 재킷을 입고 있었다. 어깨는 넓고 귀는 쫑긋 서 있었으며 눈썹은 아치형이었다. 두 눈은 너무 움푹 들어가 있어서 눈이 작다는 인상을 주었다. 주의를 늦추지 않는 것이 전사와 같은 분위기를 풍겼다. 그는 자기 탁자에 앉아서 온갖 싸움에 거리를 두었다. 그렇다. 그는 개입하면서가 아니라 보란 듯이 침묵하면서 싸움을 완화시켰다. 그의 주위에서 사람들이 격렬하고도 끊임없이 넓적다리를 움직여 댔지만, 그만은 그대로 잠자코 있었다. 그는 서로 따귀를 때리는 두 사람을 염두에 두고 차분한 슬픔의 눈길을 보냄으로써 그들이 주먹질을 하거나 심지어 칼을 집어 드는 것을 막아 냈다. 그는 말없이 개별적인 사항들을 하나하나 받아들였고, 한 사람 한 사람에게 무언의 답변을 주었다. 그가 어떤 짧은 문장에 대해 입을 연 적이 있었는데, 이때도 늘 주의 깊은 그의 목소리가 좌중의 분위기를 이끄는 것 같았다. 즉 그 목소리는 결코 흔들리지 않았고, 문제되는 그 사람에게 요령 있게 자리를 지시해 주었다. 그는 거의 말이 없었으나 그곳의 법정이었다. 그에게서 출발하는 힘은 말하자면 판단력이었다. 그렇지만 그의 정의(正義)란 어떠한 상태, 주어진 규정이 아니라 모든 사항에서 새롭게, 말없이 공감하며 판결을 내리는 리듬 속에서, 양 당사자를 결국 침묵시키는 리듬 속에서 생겨난 하나의 활동이자 공정한 평가였다. 반짝이는 눈동자에 각각의 모습을 담으면서 이처럼 말없이 귀 기울이는 자, 공간 속에서 일어난 일을 낭독하는 것 같은, 넓은 어깨를 끊임없이 움직이는 그야말로 이상적인 이야기꾼이 아니겠는가?

　그는 입법자를 몇 시간 동안 쳐다보았는가? 아니면 그저 잠시? 아무튼 그는 카셈메에 무척 오랫동안 앉아 있었던 것 같은 기분이 들었다. 그리고 여러 번이나 결코 다시는 집에 돌아가지 못할 것 같다고 생각했다. 지금처럼 그 장소에 묶여 꼼짝하지도 못한 채 자리에서 일어나 문밖까지 나갈 수도 없을 거라고. 집으로 가기 위해 그는 기지(基地)의 위치, 정글 속의 좁은 길, 대상(隊商)의 통로, 강의 얕은 부분, 협로에 대해 미리 계획을 세우고 떠나야 하는 탐험가처럼 집으로 돌아가는 길을 먼저 하나하나 떠올려 보았어야 했다. 그가 급히 출발하면서 당구 채가 그의 몸

을 가볍게 스치고, 개 한 마리가 그에게 이빨을 드러
내고, 외투에 달린 장식 띠가 문의 손잡이에 걸려 버
렸으니.

7

바깥 거리에서 그는 상의에서부터 신발에 이르기까지 새로 단추를 채우고 끈을 묶었다. 얼마 전에도 그렇게 생각했는데, 지금 수첩을 원반처럼 던지면 바로 그의 발 앞에 떨어질지도 모른다. 눈은 더 이상 내리지 않았고, 하늘은 구름 뒤에 가려져 있었다. 눈은 단단하고 두껍게 쌓여 있었다. 가로등에서 눈 녹은 물이 떨어져 우두 자국과 비슷한 무늬를 만들었는데, 미치광이의 눈에는 〈폐허 도시〉로 보였다. 그는 어린 시절, 먼지가 자욱한 들길에서 비 내린 흔적이 있는 곳만을 골라 그 앞에 쭈그리고 앉아 있었듯이 분화구 모양의 구덩이가 모여 있는 곳에 쭈그리고 앉았다. 눈

속에 손을 집어넣자 언젠가 쐐기풀을 만졌을 때처럼 피부가 따끔거리는 것이 치유 효과가 있는 것 같았다.

그는 반대 방향을 택하거나, 적어도 좀 더 빨리 또는 좀 더 늦게 가고 싶은 마음이 없지 않았으나 눈을 내리 깐 채 곧장 시내 쪽으로 향했다. 이제 글 쓰는 일 대신 일상적으로 소홀히 한 사소한 일을 처리할 시간이었다. 그는 또 약속한 편지를 쓰지 않았다. 낯선 원고는 여전히 읽지 않은 채 놓여 있었다. 세금 증빙 자료를 또 정리하지 않았고, 계산서를 여전히 처리하지 않았다. 양복을 세탁소에 또 가져가지 않았고, 정원에 있는 나무의 가지도 여전히 잘라 주지 못했으며…… 이 모든 것과 마찬가지로, 그는 시내에서 누군가를 만나기로 했는데, 걸어서는 도저히 제 시각에 도착할 수 없을 것 같다는 생각이 들었다. 당장 택시를 잡아 타고 간다 하더라도 늦을 텐데…….

그를 기다리는 사람은 외국에서 온 번역가였다. 그는 며칠 전부터 그 나라에서 책과 씨름하는 것을 그만

두고 결국 작가에게 몇 가지 사항과 단어에 대해 질문하러 오겠다고 했다. 약속 장소는 어느 선술집으로, 예전의 복합 영화관에서 마지막으로 남은 곳이었다. 건물 정면에 쓰인 글씨는 거의 다 지워져 있었지만 아직 〈영화관〉이라는 글자를 알아볼 수 있었다. 번역가는 술집의 맨 뒷줄 구석에 혼자 앉아 있었다. (처음에는 벽을 가득 채운 영화 스타들의 사진 속에 파묻혀서 살아 있는 사람이라는 것을 거의 알아챌 수 없었다.) 아주 오래전부터 기다린 것처럼 보이는 그 노인은 지각한 사람의 오후를 속속들이 알고 있다는 듯 교활한 눈빛으로 그를 바라보았다. (확실히 그는 기다리면서 생기를 얻은 모양이었다.) 그리고 언제나처럼 비유적인 언어로 그를 맞아들였다. 「숲의 가장자리에는 아무것도 없는 중심으로 유혹하는 수많은 과일들이 있지 않은지?!」

  번역가의 질문은 순식간에 결정되었다(번역 책임자는 자신이 했던 모든 말에 대해 말할 수 있기 때문이다). 그런 직후에 번역가는 예전 영화관의 어두운

105

대기실 쪽으로 고개를 돌린 채 이야기하기 시작했다. 기다리는 시간에 미리 준비한 것처럼 논리정연하고 차분하게. 그는 이 도시뿐만 아니라 유럽에 관해서도 잘 모르는 사람이었지만 그의 목소리는 집 주인의 음성처럼 들렸다. 때마침 머리가 허연 우아한 술집 여주인이 라디오를 들으며 활 모양으로 굽어진 황동 카운터 뒤에서 그의 부인처럼 모습을 드러냈다. 번역가는 마치 전령이 통고할 때처럼 몇 개의 문장을 말하기 전에 먼저 음을 길게 끌며 웅웅거렸다.

「선생도 알다시피 나 또한 오랫동안 작가 생활을 했다오. 내가 더 이상 글을 쓰지 않으니 선생이 날 이렇게 반갑게 맞이하는 거지. 이제 선생께 내가 느긋해진 이유에 관해 들려주겠소. 내 말을 잘 들어 주시오! 처음 글을 쓸 때 나는 내 안에 있는 세계를 상(像)들의 신뢰할 수 있는 연속으로 생각했다오. 나는 그 상들을 바라보고, 하나하나 묘사하기만 하면 되었지. 하지만 세월이 흐르면서 상들의 윤곽이 흐릿해졌고, 나는 나 자신을 들여다보고, 또 귀 기울여 듣게 됐다오.

그 시절에 나의 심상은 — 나는 그것이 어떻게 만들어지는지도 늘 잘 알고 있었는데 — 내 안의 가장 깊은 곳에서 다른 어떤 것보다 더 신뢰할 수 있는 원본과 같은 형태로 내게 주어졌다고 할 수 있소. 그 원본은 시간이 지나도 닳지 않고, 그곳에 변함없이 존재하고 있었지. 그러니까 나는 지나간 모든 것만 따르고, 그것에 몰입하여, 지체 없이 종이 위에 옮겨 온 거요. 나는 이 시기에 글쓰기를 순수한 엿듣기이자 받아쓰기로, 눈에 보이는 원전 대신에 은밀한 원어(原語)를 옮기는 번역으로 생각했다오. 늘 꾸고 싶었던 꿈을 실제로 꾸게 된 거지. 그런데 내가 그 꿈을 그저 가끔씩 단편적으로 다룬 것이 아니라 체계적으로 매일매일 기록하고 일종의 커다란 꿈의 책으로 마무리하려고 하면서 그 꿈은 점점 더 적어졌고, 또 점점 더 적은 것을 의미하게 되었다오. 가끔씩 단편적으로 모든 것에 관해 말하는 것은 계획된 전체의 측면에서는 아무것도 말하지 않는 것이나 다름없었으니 말이오. 내 안의 소위 원본을 해독하고, 그로써 어떤 맥락을 만들어 내려는 나의 시도는 이제 흡사 원죄 같은 것으로 여겨졌소. 불안감이 엄습했지. 때때로 나는 자리를 잡고 기다리는 것을 두려워 했소. 내가 알기로는 나와 같은 직업을 가진 사람들 중에서 유독 나만이 글쓰기를 두려워하는, 그것도 날이면 날마다 두려워하는 사람이었다오. 그리고 밤이면 밤마다 같은 악몽을 꾸었는데, 그 내용이란 것이, 얼마 안 있으면 많은 사람들 앞에서야 했거든? 그런데 말이야, 다른 사람들은 모두 자기만의 텍스트가 있는데 나만 빈손인 거야. 그런 상황에서 완전히 무감각한 문장으로 이미지도 리듬도 없이 꿈이 끝나 버렸을 때 나는 영원히 글쓰기를 금지당한 것으로 받아들였다오. 더 이상 자기 텍스트를 가져서는 안 된다! 그날, 더없이 뜨거운 태양 속으로 걸어가서, 몇 시간 동안 꽃 피는 사과나무 아래서 마치 썩은 시체처럼 서 있었던 기억이 나는구려. 그런 다음 어떤 위대한 사람이 〈손으로 불어 식히기만 하면 됩니다!〉라고 말했던 것을 생각해 내고는 웃음을 지었지만. 침묵 상태로 넘어간 후에 나는 선생이 알고 있는 자가 되었소. 더 이상 자기 문장을 가져서는 안 된다! 문지방을 넘지 마라! 앞뜰에 머물러 있어라! 마침내 나는 예전처럼 외톨이가 되는 대신 함께 어울릴 수 있게 되었다오. 이제 나도 당당한 선수로서 으뜸 패를 낼 수 있게 된 거요! 믿을 만한 텍스트를 번역함으로써만 나는 침착해지고, 나 자신이 현명하다고 느낀다오. 왜냐하면 예전과는 달리 이제 나는 어떤 문제든 해결 가능하다는 것을 알고 있으니 말이오. 내가 나 자신을 늘 괴롭히는 건 사실이지만, 이제 나는 어떤 고통에도 시달리지 않고, 글을 쓸 권리란 것을 느껴 보려고 고통을 기다리지도 않는다오. 번역가는 확신할 수 있고 그 확신은 활용된다오. 그리하여 나의 불안도 해소되었지. 일하기 전, 언제나 그렇듯이 부들부들 떨면서 연필을 뾰족하게 깎을 때마다 심이 자꾸 부러진 것이 얼마만이던지! 이제 나는 아득한 옛날에 그랬던 것처럼 아침에 잠에서 깨어나 추방당할까 봐 움찔 놀라는 대신에 번역에 대한 향수에 사로잡힌다오. 번역가이고 그 밖의 아무것도 아닌 나는 아무런 속셈이 없는, 있는 그대로의 나라오. 그 당시 종종 배신자로 여겨지는 동안 나는 일상적 체험에 충실했소. 번역은 나를 보다 깊이 쉬게 해주었지. 그런데 말이

오, 내가 체험하는 기적은 한결같다오. 더 이상 외톨이의 역할을 하지 않게 되었을 뿐이지. 여전히 절절한 단어 하나로 충분하고, 느릿느릿한 걸음걸이는 이 나이에도 불구하고 달리기가 된다오! 절실함도 여전하지만 그 절실함은 나로 하여금 골똘히 생각하게 하지 않고 생각을 접고 쉬게 하지. 그리하여 나는 선생의 상처를 되도록 멋지게 보여 주면서 나의 상처는 숨긴다오. 나는 번역가가 된 이래로 책상에서 죽으리라 생각하게 되었소.」

노인은 텅 빈 도시 — 그는 50년 전 이 도시에서 바다 건너로 도망쳐야 했다 — 를 혼자 돌아보고 싶다며, 혼자 호텔로 돌아갔다. 그렇지만 작가는 그와 헤어진 후 은밀히 그의 뒤를 따라갔다(아는 사람이든 모르든 사람이든 간에 미행은 그의 습관이었다). 작가는 눈에 띄지 않게 그의 뒤에 바짝 붙어 광장이며 다리를 지난 다음 건너편 강변을 따라 걸었다. 앞선 남자는 머리를 흔들며 토끼처럼 깡충깡충 서둘러 걸어갔지만 뒤따르는 남자는 걷는 속도를 줄이면서 자꾸만 급히 발길을 멈추어야 했다. 그러니까 노인은 마치 취한 사람처럼 비틀비틀 걸었을 뿐 아니라 번역 원고가 든 가방을 다른 손으로 옮기거나 그것을 내려놓기 위해 가다가 자꾸만 멈춰 서곤 했다. 엄밀히 말하자면 그것은 가방이라기보다는 오히려 팔에 매는 끈과 검은 가죽 뚜껑이 있는 사각형의 넓은 바구니였다. 그 뚜껑은 불빛을 받으면 아스팔트처럼 새까맣게 빛났다. 저 무거운 바구니 속에 무엇이 들어 있을까? 그런데 관찰자는 그 바구니를 그 옛날 갓 태어난 모세가 들어 있었던 상자라고 생각했다. 사람들은 모세가 추적자들을 피해 목숨을 부지할 수 있도록 그를 바구니 상자에 실어 나일 강에 띄워 보냈었다. 호텔 문까지 가는 동안 작가는 훗날 파라오의 딸에게 구조될 젖먹이가 감춰져 있는 흔들거리는 바구니만을 줄곧 바라보았다.

8

　자기 집 정원으로 돌아온 그는 자신이 집으로 오는 길을 어떻게 찾았는지 떠올릴 수 없었다. 꼬불꼬불한 산길이며 돌계단을 지나 계속 오르막길로 이어지는 세부적인 귀로가 생각나지 않았던 것이다. 밤중에 강 아래쪽 제방에서 물이 쏴쏴 소리를 내도록 색소폰을 불고 있던 사람은 망상의 소산임이 분명했다. 마찬가지로 그 자신이 이 정원에 있다는 것도 하나의 망상이 아닐까? 실제로는 아직 카셈메에 앉아 있거나, 칼에 찔리고 총에 맞거나, 자동차 사고를 당해 어딘가에 죽어 있는 게 아닐까? 그는 허리를 숙여 눈덩이를 만들어 보려고 했지만, 눈송이들이 서로 달라붙지 않았다.

책상에서 몇 시간 떨어져 있는 동안 계속 결투에 말려든 것 같다고, 그는 생각했다. 하지만 이 결투는 이제더 이상 육박전이나 격투는 아니었다. 그는 정원을 거닐면서, 모든 관목들과 나무들 주위를 천천히 돌면서깊은 생각에 잠겼다. 그는 돌아올 때를 대비해서 집에불을 켜 놓았었다. 농가에서 하루 일이 끝난 후에 앉아 쉬는 것과 같은, 대문 옆에 있는 아주 기다란 나무의자에 털썩 주저앉았을 때 그는 너무 더워서 외투의단추를 풀어야 했다. 그는 두 다리를 쭉 뻗고, 겨울이라 쉬고 있는 울퉁불퉁한 정원 바닥을 발꿈치로 느꼈다. 방금 전에 내린 눈 위에 불빛이 비쳤고, 눈 밑에서낙엽 냄새와 땅속의 흙냄새가 올라왔다. 마지막 초롱꽃이 얼음으로 굳어 버린 눈송이에 의해 망가진 채 꽃받침에 감싸여 있었다. 푸른색으로 빛나는 크론차켄은 몇 시간 만에 암갈색으로 오그라들어 있었다. 건축주의 돈이 떨어지는 바람에 골격만 세워 놓고 버려둔옆 토지의 흉측한 건물은 다른 대륙에 있는 신전의 폐허처럼 서 있었다. 그때 어떤 인부가 다시 이상한 소리를 내면서 자신의 접는 자를 폈고, 벌써 오랫동안 사용하지 않아 녹슬어 있던 케이블 윈치의 바퀴가 새로 움직이며 회전하기 시작했다. 그는 점심시간에 젊은 실습생이 두 팔을 목덜미에 깍지 끼고 저편 평지붕 위에 누워 있던 날을 떠올렸다. 한편 그는 나름대로 자신의 방에서 타자를 치며 활짝 열린 창밖으로 자신이 내는 소음을 세상에 내보내고 있었다. 나는 이웃을 갖기를 바란 적이 있는가? 그는 이런 질문을 하며 잠이 든 것을 깨달았다. 목소리들이 아련히 멀어져 갔고, 대신 그에게 꿈을 들려주는 단 하나의 목소리가 소리 없이 두개골을 가득 채우며 끼어들었다. 그는 자신이 쓴 내용이 이미 단어 그대로 적혀 있는 그의 선구자의 저서를 통해 자신이 이날 쓴 내용을 전해 들었다. 처음에 그는 그 꿈에 깜짝 놀랐지만 차츰 마음이 진정되었다. 그는 마음을 다잡고 집 안으로 들어갔다.

　언제나처럼 그는 자기도 모르게 문 너머에서 우편물 투입구를 통해 던져진 어떤 소식이나 정보를 발견하기를 기대했지만, 그런 것은 보이지 않았다. 또 언제나 그렇듯이 구두끈을 풀면서 끈을 엉키게 만들었고, 다시 지루하게 매듭을 풀어야 했다. 그가 벌써 오래전에 현관에 들어섰는데도 이름 없는 집짐승이 누군가를 기다리면서 문에서 꼼짝 않고 빤히 쳐다보고 있는 것도 다른 날과 다르지 않았다. 그는 개에게 딱히 할 말이 없었기에 먹이를 주었고, 통 말을 건네지 않는 것에 대해 보상이라도 하려는 듯 고기를 되도록 작은 조각으로 잘라 주었다.

그는 집 안의 불을 모두 껐다. 창밖의 눈과 구름에 반사된 도시의 빛이 방들을 밝혀 주었다. 그렇지만 밤은 밤인 만큼 사물들이 흐릿하게 드러났다. 그는 부엌에서 빛을 발하는 라디오 다이얼을 바라보며 마지막 뉴스에 귀를 기울였다. 한밤중인데도 아나운서는 마치 밝은 대낮인 것처럼 깨어 있는 느낌을 주었다. 하지만 그러는 중에 아나운서는, 그가 방금 읽은 내용이 이유가 될 수는 없겠지만, 자신이 내내 관심을 기울여 왔고, 이제 막 그의 내부에서 터져 나오려고 한 무언가에 대한 격렬한 흥분에 사로잡혔다. 눈물이 날 것 같은 상태였지만, 그는 거의 소리를 내지 않고, 집게로 자신을 집으려는 사람처럼 말을 참으며 오랫동안 침묵을 지켰다. 그러다가 그는 고함을 지르며 뛰쳐나가려 했고, 일기 예보로 구원을 얻으려고 했으며, 〈안녕히 주무세요〉라는 인사말만 겨우 건넸다. 그러자 사람들은 그를 즉각 마이크에서 떼어놓았다. 그는 해고된 것일까? 애인이 그에게서 떠나간 것일까? 징 소리가 울리기 직전에 누군가가 죽었다고 사람들이 그에게 알린 것일까?

그는 거실의 자기 자리, 사물을 자신의 눈높이로 바라볼 수 있는 의자에 앉아 옆쪽을 바라보았다. 지난 여름 이후부터 그곳에 놓여 있던 등받이 위의 밝은 상의가 잠시 그로 하여금 바람이 부는 가운데 강에서 헤엄치던 사람의 젖은 눈썹을 다시 느끼게 해주었다. 그는 왜 혼자 있을 때만 그토록 순수하게 남의 일에 관심을 갖는가? 함께 있었던 사람들이 떠나고 나서야, 그들이 멀리 가면 갈수록 그들을 깊이 받아들이는 이유는 무엇인가? 마음속으로는 동반자로 여기면서도 옆자리에 없을 때 가장 또렷하게 떠오르는 이유는?

그는 왜 죽은 사람들과만 살았는가? 왜 죽은 사람들만이 그의 영웅이 될 수 있었는가? 그는 한 손은 이마에, 다른 한 손은 가슴에 대고, 야간열차에 앉아 있는 것처럼 앉아 있었다. 그러자 정말 야간열차가 저 아래 철교 위를 달리는 소리가 눈 속에서 미끄럼을 타는 소음처럼 들려왔다. 현관에서 전화벨 소리가 울려도 그는 전화를 받지 않았다. 즉 그는 아무도 기다리지 않았고, 더 이상 입을 열려고도 하지 않았다.

피곤해서가 아니라 계속 생각하는 것을 막으려고 그는 힘겹게 침실로 가기로 결정했다. 그가 어둠 속에서 몸을 씻는 동안 — 자신의 얼굴을 보고 싶지 않다는 단순한 이유에서였다 — 누군가 다른 사람이 옆에서 같은 일을 하는 것처럼 느껴졌다. 그는 동작을 멈추었는데, 그러자 집의 가장 뒤쪽 구석에서 책장을 넘기는 소리가 들려왔다. 의자가 다시 옮겨졌고, 장롱이 다시 열렸으며, 옷걸이가 서로 부딪치는 소리가 들렸다. 이상하게도 기억 속에서는 모든 소음 — 문에서 나는 소리나 시끄러운 소리조차 —이 화음으로 분류되었다. 물론 지금 계단에서 들리는 뚜벅뚜벅 걷는 소리는 사람의 발걸음 소리라고 하기에는 너무 가벼웠다.

그는 되도록 조심스럽게 유리잔을 집어 들고, 잊을 만하면 다시 들려오는 기적 소리를 방해하기 위해 조심스럽게 수도꼭지를 돌렸다. 물이 가득 든 유리잔을 두 손으로 들고 계단을 올라간 그는 발소리를 헤아리면서 발걸음을 늦췄다. 그는 골똘히 생각하는 대신 그냥 그렇게 느긋한 마음으로 계속 발소리를 헤아리려고 했다. 그런데 그 때문에 그가 너무 가벼워져서 발밑에서는 발소리가 전혀 들리지 않았다. 무엇 때문에 사람은 느릿느릿한 신을 생각해 내지 않았는가? 자신의 생각에 감격한 그는 계단을 훌쩍 뛰어 올라갔고, 그의 발밑에서 집 전체가 삐거덕거리는 소리를 냈다.

그는 서재로 들어가는 것을 피하고, 그 옆을 그냥 지나치면서 여름 이후로 매일 한 장씩 쌓이곤 하던 하얀 종이 더미가 아직 그곳에 있는지 보려고 책상 쪽을 쳐다보았다. 그를 앞질러 달려간 이름 없는 집짐승이 집의 파수꾼인 양 구릉의 등성이처럼 등을 둥그렇게 말고 양탄자 위에 누워 쉬고 있었다. 그는 침실의 창을 열었다. 정원을 등지고 있는 그곳은 암석으로 낭떠러지를 이루고 있었다. 그는 세월이 흘러 연필을 깎은 부스러기가 많이 쌓이면 자신이 저 아래에 떨어졌을 때 충격이 덜할 것이라고 생각했다(벌써 여러 번 그는 반쯤 잠든 상태로 저 아래에서 소용돌이가 이는 것을 느꼈고, 침대 다리에 꼭 매달려 있어야 했다). 나무 꼭대기는 눈이 쌓여 둥그스름하게 보였고, 하늘은 잠깐 사이에 별을 볼 수 있을 정도로 맑아져 있었다. 허리띠를 한 사냥꾼 오리온이 서 있었고, 그의 발치에 토끼의 흐릿한 윤곽이 보였으며, 거기서 약간 떨어진 곳에서는 플레이아데스[12]가 촘촘하게 씨를 뿌려놓은 듯이 가물가물 빛나고 있었다. 그 순간 그는 하늘과 단둘이 머물며 숨을 깊이 들이쉬었다. 방의 한구석에는 그가 산책할 때 쓰는 여러 종류의 지팡이들이 있었고, 청동색의 개암나무 껍질이 눈높이에서 희미하게

---

12 그리스 신화에 나오는 아틀라스의 일곱 딸. 오리온에 쫓겨 하늘에 올라 별이 되었다고 전한다.

빛나고 있었다. 나는 뭐하는 사람인가? 나는 왜 가수가, 블라인드 레몬 제퍼슨[13]이 아닌가? 내가 아무것도 아닌 것이 아니라고 누가 내게 말하는가?

나는 소설의 형식으로 시작했다! 계속한다. 그대로 놓아둔다. 반대하지 않는다. 서술한다. 전해 준다. 소재들의 가장 피상적인 부분을 계속 가공하고, 그 숨결을 느끼며, 그것을 다듬는 자가 되고자 한다.

마침내 그냥 누워 있기만 한다. 조용히 쉬고 있다. 작가는 다음 날을 생각하고, 마치 대상(大商) 일행이 지나간 것처럼 눈 속에 많은 흔적이 남을 때까지, 그가 새의 비상을 함께 체험할 때까지 일하기 전의 아침 시간에 오랫동안 정원을 이리저리 거닐기로 마음먹었

---

13 Blind Lemon Jefferson(1893~1929). 미국 텍사스 출신의 블루스 가수. 태어날 때부터 맹인이었던 그는 청년 시절부터 무도회장 등에서 음악을 연주하며 일했고 20세가 될 무렵에는 댈러스의 사창가나 술집 등에서 일했다. 이렇게 열심히 일하는 중에 그의 명성이 파라마운트까지 알려졌고 음반사와 계약하게 되었다. 그는 1926년부터 음반을 녹음하기 시작해 1929년까지 무려 80여 장이나 되는 음반을 녹음했다. 그렇게 몸을 돌보지 않고 음악에만 몰두하다 일찍 사망했다.

다. 그리고 그는 또한 이런 맹세를 하기도 했다. 일에 실패하지 말자고. 다시는 언어를 잃어버리지 말자고. 그러면 언덕 아래 양로원의 조그마한 관현악단은 찌 릉거리는 점심 연주 대신에 그럴듯한 종소리를 울릴 지도 모른다. 그런 다음 그는 지나간 오후를 회상했 고, 그때 일어난 일을 기억에 되살리려고 했다. 하지 만 카셈메의 커튼 틈새로 흔들리는 가지들과 마우스 피스를 입에 문 채 복서처럼 이빨을 드러내며 그 앞을 맴도는 개만이 나타날 뿐이었다.

보이지 않는 세계의 구원자,
페터 한트케의 삶과 작품

외부 세계와 내부 세계의 갈등

페터 한트케는 1942년 오스트리아 케른텐 주 그리펜에서 태어났다. 그의 어머니는 전쟁 중에 오스트리아에 주둔하고 있던 독일군 장교를 사랑하여 한트케를 낳았지만, 그는 이미 유부남이었다. 아비 없는 자식을 낳아서는 안 된다는 가족의 성화로 한트케의 어머니는 자신의 조건에 구애받지 않는 독일군 하사관 부르노 한트케와 내키지 않는 결혼을 하게 된다. 한트케는 두 살에서 여섯 살까지 어머니를 따라 계부의 고향인 동베를린에서 보낸 짧은 기간을 제외하고는 관습과 가난에 찌든 벽촌으로 문화나 교육과는 거리가 먼 그리펜에서 유년 시절을 보낸다. 가족이 간신히 도망쳐 나오긴 했지만 강렬한 영향을 주었던 대도시 동베를린의 인상은 가끔 그에게 독일에 대한 향수를 불러일으키기도 했다.

한트케는 어린 시절 전쟁과 가난을 겪으며 자신과 주변 세계에 대해 부정적 감정을 지니고 자라게 된다. 그러다 문학을 접함으로써 자신의 개체성 및 인간으로서의 존엄성을 상실하고 그것을 고통스러워했던 지금까지와는 달리 시적 존재 형식을 믿게 되고, 농촌 환경과 가톨릭적인 지역주의로 인해 극도로 말살되었던 자아를 찾고자 열망하게 된다. 김나지움 시절 기숙 학교에 다녔던 한트케는 문학을 그 기숙 학교의 고립과 강요로부터의 해방으로, 또 어린 시절의 괴로웠던 체험에 대한 보상으로 느끼면서 열두 살 때부터 이미 작가가 되겠다고 마음먹는다.

그는 열다섯, 열여섯 살 때 윌리엄 포크너와 조르주 베르나노스의 책을 읽고 공감한다. 기숙 학교에서 금지한 그 작가들의 책들은 기숙 학교가 그에게 제시하는 것과는 다른 세계를 보여 주었다. 한트케는 기숙 학교에서가 아니라 두 작가의 작품 세계에서 진정한 삶을 느낀 것이었다. 자신을 현실로부터 문학 세계로 인도해 준 포크너와 베르나노스 외에도 젊은 한트케는 카프카, 도스토옙스키, 딜런 토머스, 그레이엄 그린, 요한 네스트로이, 뷔히너 등을 접했는데, 그들 가운데서도 열여덟 살 때부터 읽기 시작한 카프카에게서 가장 큰 영향을 받았다. 그래서인지 현실에 쉽게 융화되지 못하고 이질감을 느끼며 외롭게 살아가는 카프카의 작품 주인공들은 한트케 작품의 주인공들과 닮아 있다. 청소년 시절 이미 외부 세계와 내부 세계의 갈등을 체험하고 내면의 체험 세계를 주관적 언어로 나타내려고 했던 한트케가 전통적 기법에 뿌리를 둔 작가들보다는 카프카 쪽으로 기울게 된 것은 어쩌면 당연한 일일지도 모른다. 문체 외에도 카프카는 한트케의 세계관 형성에도 깊은 영향을 주었다. 그렇지만 훗날 한트케는 카프카의 언어에는 비유가 많고, 묘사 역시 상세하며 꾸며 낸 유머에 해당하는 반면 자신의 경우에는 비유가 없는 언어, 세부 묘사나 줄거리에서 해방된 밝음을 지향한다고 이야기한 바 있다.

천재 또는 무서운 파괴자, 새로운 세대의 출현

페터 한트케는 1961년부터 1965년까지 오스트리아 그라츠 대학교에서 법학을 공부했다. 이 시절 그는 그라츠의 젊은 예술가들의 모임이었던 〈포룸 슈타트파르크 Forum Stadtpark〉 및 이들의 기관지 『마누스크립테 Manuskripte』와 관련을 맺고 그곳의 중개로 인연을 맺은 방송국을 통해 문학 활동을 시작한다. 방송 일을 하면서 한트케는 문학 작품뿐만 아니라 정신과학 서적들을 두루 섭렵하는데, 100여 권이 넘는 양질의 서적들은 그의 젊은 날의 사상과 문학 이론 형성에 결정적인 영향을 미친다. 그라츠에서 한트케는 처음으로 공중전화와 에스컬레이터, 시내 순환 전차를 보았고, 영화, 비트 문화와 팝 음악에 열중했으며, 그리스어를 가르쳤다. 이와 같이 일상에서 다양한 경험을 한 것이 문학도였던 그에게 있어 중요한 역할을 하게 된다. 그는 이처럼 〈포룸 슈타트파르크〉와 관련된 활동을 하며 〈문학이란 언어로 서술된 사물로 이루어지는 것이 아니라 바로 언어 그 자체로 이루어진다〉는 주장을 하며 언어에 극단적으로 몰두한다. 1965년

대학 졸업을 얼마 남기지 않고 마침 첫 소설『말벌들
Die Hornissen』의 원고가 주어캄프Suhrkamp 출판
사에 채택되자 그는 전업 작가가 되어 작품 활동에만
전념하기 위해 법학 공부를 포기한다.

　첫 장편소설『말벌들』(1966)이 출간된 후 스물네
살의 한트케는 1966년 4월 22일에서 4월 24일까지
미국 프린스턴에서 열린 〈47년 그룹〉[1]의 모임에 참가
해 자신의 단편「행상인 *Der Hausierer*」의 한 부분을
읽고, 회의가 끝날 무렵 독일 문학에 대해 다음과 같
이 과격하게 비판한다.

　「독일 문학은 이곳에서뿐만 아니라 다른 모든 곳

---

　1 Gruppe 47. 미국의 전쟁 포로로 잡혀 있던 독일 작가들이 무너진
독일 문학의 전통을 재확립하는 데 관심을 갖고 1947년에 시작한 문학
단체. 이들은 나치의 선전 문구 등이 독일어를 부패시켰다고 생각하여
과장과 시적 만연체를 배제한, 냉정하다 싶을 정도로 무미건조한 서술
적 사실주의를 옹호했다. 이들은 독일로 돌아와 주간지『루프 *Der Ruf*』
를 창간했는데, 1947년 정치적으로 급진주의 경향을 띠고 있다 하여 미
군 정부가 발행을 금지시켰다. 이 그룹의 주요 인물로는 소설가 한스 베
르너 리히터와 작가 알프레트 안더슈가 있다. 이 그룹의 정치적 의도가
점차 사라짐에 따라 문학적 명성은 높아졌으며, 매년 수여하는 47년 그
룹상은 수상자에게 커다란 명성을 안겨 주었다. 이 상의 수상자로는 노
벨상 수상자인 귄터 그라스와 하인리히 뵐이 있다. 47년 그룹은 페터
한트케의 비판을 받은 이듬해인 1967년 마지막 정기 총회를 끝으로 해
체되고 말았다.

에서도 ── 아는 것이 별로 없더라도 적어도 서술은 할 수 있어야 하는데 ── 서술 불능의 지배를 받고 있다. 창조성과 성찰이 부족하고, 무미건조하고 어리석다. 그리고 비평도 마찬가지로 무미건조하고 어리석으며, 비평 방법은 아직까지도 여전히 낡은 서술 문학에서 비롯된 것이어서 다른 종류의 문학에 대해서는 그저 비난이나 하고 지루함이나 확신시킬 수 있을 뿐이다.」

이러한 과격한 비판으로 한트케는 삽시간에 유명해졌지만, 대부분의 비평가들은 한트케의 행동을 관습에서 벗어난 태도라며, 또한 계획된 자기선전이라며 부정적으로 평가했다. 하지만 젊은 세대는 한트케의 등장을 헬무트 하이센뷔텔과 함께 하나의 전형적인 〈세대의 행동〉이나 새로운 세대의 출현으로 보고자 했다. 그리고 출판업자나 그 분야의 선전 전문가들도 점차 그를 지지하게 되었다. 하지만 문학의 순수성을 지향하는 그는 무엇보다도 문학이 수단이 되는 것에 불만을 가졌다.

첫 소설 『말벌들』에서 작품의 줄거리를 파괴한 한
트케는 『행상인』에서는 추리 소설의 기법을 역이용하
면서 추리 소설의 규범, 즉 범인을 찾아가는 과정에서
의 규범을 파괴하고, 1966년에 발표된 첫 희곡 「관객
모독 *Publikumsbeschimpfung*」(1966)에서는 행위자
와 관객 사이를 구분하고 격리하는 환상주의 연극의
규범을 파괴한다. 또한 독일의 역사적인 인물 카스파
하우저의 실화를 다룬 희곡 「카스파 *Kaspar*」(1967)
에서는 사회화 과정의 획일성과 언어의 폭력성을 격
렬하게 비난하며 순식간에 천재 또는 무서운 파괴자
의 이미지를 구축한다. 순수한 행위 연극을 실험해 본
「미성년은 성인이 되고자 한다 *Das Mündel will
Vormund sein*」(1969)와 시집 『내부 세계의 외부 세
계의 내부 세계 *Die Innenwelt der Außenwelt der
Innenwelt*』(1969)를 발표했던 1960년대는 한트케의
작품을 시대별로 구분할 때 언어극과 기존 규범을 파
괴하는 시기로 규정된다.[2]

2 염명인, 「끊임없는 문학으로의 새 길 떠나기: 페터 한트케의 작품
세계」, 『계간 문학동네』(문학동네, 1998) 제5권 제3호 통권 제16호
(1998년 가을호) 309~318면 참조.

전통적 형식을 통한 전통 소설의 파괴

비교적 이른 나이인 23세에 배우인 립가르트 슈바르츠와 결혼한 한트케는 1969년 한 아이의 아버지가 된다. 그러나 결혼은 곧 파경을 맞고, 이 결혼 생활은 한트케에게 있어 자신을 돌아보는 계기가 된다. 내적인 침잠과 그 결과 빚어지는 소통의 부재, 사회적 부적응은 그에게 고통을 준다. 언어의 문제에서 자아 탐구의 문제로 넘어가는 경계선에 위치한 『페널티킥 앞에 선 골키퍼의 불안*Die Angst des Tormanns beim Elfmeter*』(1970)은 한트케의 초기의 언어 비판이 개인과 규범, 주체와 객체와의 관계로 확장되어 가는 과정을 보여 줄 뿐만 아니라 이 두 세계 사이의 갈등을 어떤 작품에서보다 첨예하게 드러내 준다.

1960년대 후반에 실험적이고 전위적인 활동에 열중한 한트케는 1970년대에 들어 카프카와 만나면서 도전적 세계관을 가지며, 그로 인해 1970년대에 나온 대부분의 작품은 살해의 도식을 갖게 된다. 『페널티킥 앞에 선 골키퍼의 불안』에서 주인공 요제프 블로흐는 영화관의 여매표원을 자기 방에서 초대해 목을 졸라

죽이는 끔찍한 살인을 저지른다. 정해진 일상으로부터 벗어나길 원하는 『긴 이별에 짧은 편지 *Der kurze Brief zum langen Abschied*』(1972)의 주인공도 자신을 살해하려는 부인의 위협을 받으며 쫓긴다. 『진정한 느낌의 시간 *Die Stunde der wahren Empfindung*』(1975)은 주인공 그레고르 코이슈니히가 부인을 살해하려는 꿈을 꾸고 잠을 깨는 것으로 시작된다.

1960년대의 한트케 산문이 아방가르드적 실험 정신으로 과거 문학 전통을 거부하는 것에 일차적인 목표를 두었던 것과는 달리 1970년대의 한트케 산문은 전통적인 문학 형식을 채택하게 된다. 1970년대에 들어서 한트케는 글쓰기를 통한 자아 탐구를 시도하며 사회와 화해를 시도한다. 어머니의 자살을 주제로 한 『소망 없는 불행 *Wunschloses Unglück*』(1972)과 미대륙을 횡단하는 체험에서 비롯된 『긴 이별에 짧은 편지』에서 그는 성장 소설의 장르를 새롭게 실험한다. 두 작품에서는 우울증의 문제가 제기되는데, 『긴 이별에 짧은 편지』에서는 어머니뿐만 아니라 주인공 자신의 정서 불안이 우울증 증세로 설명되기도 한다. 주인공은 타인과의 관계에서도 극도의 불안감을 보이는데, 엘리베이터 안의 흑인이 갑자기 미쳐서 자기 쪽으로 쓰러지지 않을까 걱정하며, 낯선 여성을 따라가다가 갑자기 그녀를 길에 쓰러뜨릴 것 같은 기분에 사로잡힌다. 특히 『소망 없는 불행』은 한트케가 1971년에 다량의 수면제를 복용하고 자살한 어머니의 죽음을 겪은 후 쓴 산문으로, 어머니의 일생을 회상하며 전후의 사회적 모순과 정치 상황, 가정과 사회에서 억압당한 여성의 자의식을 잘 묘사한 작품이다. 이처럼 한트케는 1970년대에 접어들어 전통적인 형식을 택했지만 페터 퓌츠는 그것이 다름 아닌 전통적 소설을 파괴하기 위한 것이라고 말한다. 즉 『페널티킥 앞에 선 골키퍼의 불안』은 전통적 추리 소설에 대한 파괴이고, 『잘못된 동작*Falsche Bewegung*』(1975)은 대표적 교양 소설인 괴테의 『빌헬름 마이스터의 수업시대』에 대한 대칭이며, 서른 살 주부의 자아 탐색을 다룬 『왼손잡이 여인*Die linkshändige Frau*』(1976)은 전형적인 여성 소설에 대한 파괴라는 것이다.[3]

한트케는 1970년 중반부터 개인적으로 위기에 처했던 1975~1977년 사이의 일기를 묶은 『세상의 무게 *Das Gewicht der Welt*』(1977), 고향과 가족, 전통으로의 귀환을 다룬 『느린 귀향 *Langsame Heimkehr*』(1979), 영화배우인 첫 부인과 헤어진 뒤 홀로 딸 아미나를 기른 경험을 토대로 쓴 소설 『아이 이야기 *Kindergeschichte*』(1981)를 발표했다. 그리고 1980년대에 들어서는 프랑스 화가 폴 세잔의 예술에 대한 강한 열정을 그린 『생트 빅투아르 산의 가르침 *Die Lehre der Sainte-Victoire*』(1980), 일기 모음집 『연필 이야기 *Der Geschichte des Bleistifts*』(1982), 『고통의 중국인 *Der Chinese des Schmerzes*』(1983), 작중 화자인 필립 코발이 외눈박이 형을 찾아 나서는 이야기인 『반복 *Die Wiederholung*』(1986), 화자가 없이 비인칭 주어 에스*Es*의 시점으로 쓴 동화 『부재 *Die Abwesenheit*』(1987), 하루의 힘든 글쓰기를 마친 다음 시내로 오후 산책을 나갔다가 돌아오는 과정을 그린 『어느 작가의 오후 *Nachmittag eines Schriftstellers*』(1987) 등 계속

3 박광자, 『치유의 문학 페터 한트케』(궁미디어, 2009) 참조.

새로운 작품을 발표했다. 또한 소설이 아닌 영화 「베를린의 하늘Der Himmel über Berlin」[4](1987)의 시나리오 작업에 참여해 영화 평론가와 관객에게 좋은 반응을 얻기도 했다.[5]

『어느 작가의 오후』: 한트케 식 글쓰기의 표본

1987년에 발표된 『어느 작가의 오후』는 12월의 어느 날, 작가의 오후 시간을 다루고 있다. 이날 그의 글쓰기는 끝났고, 다음 날 아침에야 그는 다시 글쓰기를 계속할 것이다. 외출하기 전 몇 시간 동안 자신의 주위가 더욱 조용해진 순간 작가는 바깥세상이 더 이상 존재하지 않고, 자기 혼자 방 안에 살아남아 있을지도 모른다는 강박 관념에 시달린다. 그래서 작가는 밖으

---

4 일명 〈베를린 천사의 시〉로 불린다. 천사 다니엘은 어느 날 공중곡예를 하는 마리온을 보고 반하지만, 바라보기만 할 수 있는 천사로서는 사랑에 빠진 여자를 만질 수 없는 현실이 그저 고통스럽기만 하다. 그러던 어느 날, 다니엘은 천사였다가 인간이 된 콜롬보를 만나게 되고 그는 천사직을 포기하고 인간이 되어 마리온과 만질 수 있는 사랑에 빠진다. 그와 동시에 다니엘은, 인간으로서 살아가는 문제와도 봉착하게 된다.

5 염명인, 앞의 논문 참조.

로 나가 걸어 다니면서 만난 사람이며 사물을 묘사하기 시작하는데, 이때 대인 기피증이 생긴 작가는 망상에 사로잡혀 현실과 환상을 제대로 구별하지 못한다. 그는 외부 세계의 눈에 띄지 않으려고 전전긍긍하고, 양파 모양의 나무 지붕이 있는 우물간을 보고는 전에 가본 적이 있는 모스크바에 다시 온 듯한 착각에 빠지기도 한다. 가판대에서 신문을 사며 부들부들 떨고, 신문의 머리기사를 보는 순간 판매원의 인사에 대꾸도 하지 못하고 고개만 끄덕이기도 한다.

그는 서재에서 멀리 벗어나 광장을 이리저리 걸어 다니면서도 일이 계속 자기를 따라다녀 여전히 작품 활동을 하고 있는 것으로 생각한다. 그는 〈작품〉이란 〈재료란 거의 중요하지 않고 구조가 무척 중요한 것, 즉 특별한 속도 조절용 바퀴 없이 정지 상태에서 움직이는 어떤 것〉이라고 생각한다. 말하자면 그는 〈모든 요소들이 자유로운 상태로 열려 있는 것, 누구나 접근 가능할 뿐 아니라 사용한다 해서 낡아 떨어지지 않는 것이 작품〉이라고 생각한다. 거리의 골목에서 그는 자신을 조롱하고 비방하며 적대적인 시선을 보내는 사람들과 맞닥뜨린다. 검은 옷을 입은 어떤 사람은 그의 길을 가로막고 집게손가락을 세워 들고는 〈당신의 문학을 기소합니다!〉라고 엄숙하게 통고하기도 한다.

작가는 교외로 빠지는 도로에서 십자가에 매달린 두 사람을 보고, 도로 옆 숲 속에 나뭇가지에 매달려 있는 늙은 여자를 보며, 호숫가에서는 노인과 손자에 대한 어떤 환영을 보기도 한다. 그리고 그는 시간이 흐름에 따라 온갖 종류의 망상을 두루 체험해서, 결국 머리가 터질 것 같은 기분에 사로잡힌다. 자기 집 정원에 돌아온 그는 자신이 집으로 돌아오는 길을 어떻게 찾았는지도 제대로 알지 못한다. 꼬불꼬불한 산길이며 돌계단을 지나 계속 오르막길로 이어지는 세부적인 귀로가 기억나지 않는 것이다. 그렇지만 밤에 강 아래쪽의 제방에서 물이 솨솨 소리를 내도록 색소폰을 불고 있던 사람은 망상의 소산임이 분명하다고 생각한다. 그러면서 그는 자신이 정원에 있는 것도 하나의 망상이 아닐까 하고 생각한다. 더구나 자신이 아직 싸구려 음식점에 앉아 있는 것이 아닌가, 또는 칼에 찔리고 총에 맞거나 자동차 사고를 당해 어딘가에 죽어 있는 게 아닌가 생각하기도 한다. 허리를 숙이고 눈덩이를 만들어 보려고 하지만, 눈송이들이 서로 달라붙지도 않는다. 심지어 그는 서재에서 몇 시간 벗어나 있는 동안 계속 결투에 말려든 것이 아닌가 생각하기도 한다.

이 소설에서는 첫눈이 내릴 뿐 별다른 일이 일어나지 않는다. 작가는 서재에서 도심으로, 그리고 다시 서재로 돌아오는 길 위에서 아직 왜곡되지 않은 것들에 주목한다. 독자는 페터 한트케를 통하여 이렇다 할 사건이 없는 이야기를 체험할 수 있다. 독자가 그럴 수 있는 이유는 〈작가로서의 나〉가 아니라 〈나로서의 작가〉가 자신의 예술로 공감할 수 있는 문어체 형식을 부여하고, 자신에 대한 회의에도 불구하고 자신의 존재로 예술을 필수적인 것으로 입증해 냈기 때문이다. 페터 한트케는 자신의 글쓰기와 그것으로 치르는 대가, 자신의 삶, 즉, 집중적인 글쓰기 작업을 한 후에 남아 있는 것에 관해 이야기한다. 그는 가장 일상적인 일들이나 하찮은 자질구레한 일들을 특정 목적에 얽매이지 않고 지각한다.

비정치적인 작가의 소박한 현실 인식

1980년대 말에 잘츠부르크를 떠나 다시 파리 근교의 작은 마을 샤빌로 거주지를 옮긴 한트케는 1994년, 〈새로운 시대의 동화〉라는 부제가 붙은 장편소설『아무도 살지 않는 만(灣)에서 보낸 세월*Mein Jahr in der Niemandsbucht*』이라는 작품을 발표했다. 이 소설에서 한트케는 세계적인 도시인 파리 근교의 외딴 곳을 찾아 〈구경하는 것 역시 행위〉라는 결론에 도달한 작가 그레고르 코이슈니히의 일상을 다룬다. 무언극을 위해 쓴 「우리가 서로를 몰랐던 시간*Die Stunde, da wir nichts voneinander wußten*」(1992)에서는 줄거리가 해체되어 있고 대사가 없으며 어느 도시의 한 광장을 주인공으로 하고 있다.

1966년 참여 문학에 강경한 반대 입장을 취하며 내면의 세계로 침잠해 자아 성찰의 여행을 떠났던 한트케는 사회주의 붕괴 이후인 1990년대에 들어서면서 정치적인 모습을 보이며『몽상가의 아홉 번째 나라와의 이별*Abschied des Träumers vom Neunten Land*』(1991)과 같은 에세이를 발표한다. 또한 유고

내전과 더불어 서방의 획일적 여론에 대한 그의 반론이 1996년 1월 독일의 일간지 「쥐트도이체 차이퉁 Süddeutsche Zeitung」에 격주로 연재되자, 서방 언론은 그를 대량 학살을 지지하는 〈테러주의자〉, 〈세르비아인의 변호사〉 등으로 지칭하며 일제히 격렬한 비난을 퍼부었다. 하지만 1996년 한트케는 세르비아를 방문한 후 『도나우 강, 사바 강, 모라바 강, 드리나 강으로의 겨울 여행 혹은 세르비아인을 위한 정의 *Eine winterliche Reise zu den Flüssen Donau, Save, Morawa und Drina oder Gerechtigkeit für Serbien*』(1996)를 발표하여 저널리즘의 획일성과 흑백 논리를 비판하였다.

이런 논란이 있고 난 후 1997년 『어두운 밤 나는 적막한 집을 나섰다 *In einer dunklen Nacht ging ich aus meinem stillen Haus*』가 출판되자마자 수많은 비평가들은 여전히 분노감을 표출하며 한트케를 가리켜 〈머릿속에 버섯만 들어 있는 자〉라고 하며 작품에 대한 혹평을 했다.[6]

6 염명인, 앞의 논문 참조.

선입견에 대한 도전

코소보 사태가 종결되면서 발표된 「통나무배 여행 또는 전쟁 영화에 대한 단편 *Die Fahrt im Einbaum oder Das Stück zum Film vom Krieg*」(1999)은 전쟁이 끝나고 십 년쯤 지난 뒤 전쟁 영화를 찍기 위해 발칸의 어느 시골 호텔에 묵고 있는 두 사람의 영화감독에 관한 이야기이다. 그런데 이 작품은 당시의 정치 상황과 어울리지 않게 전원적, 동화적 분위기로 일관하고 있어 관객도 비평가도 놀라움을 금치 못했다. 페터 한트케가 2000년대에 들어와 쓴 작품 『돈 후안 *Don Juan*』(2004)에서는 17세기에 사라졌던 〈돈 후안〉이라는 존재가 어느 날 갑자기 등장한다. 이후 소설이 전개되는 내내 〈돈 후안〉은 청자의 이의 제기를 거부하는 형식으로 의사소통의 기능을 하는 〈언어〉를 거부한다.

2006년 독일의 문학계에서는 한트케가 하인리히 하이네상을 수상한 일로 논쟁이 벌어져, 그를 옹호하거나 반대하는 작가들이 서로 다른 매체에서 경쟁적으로 글을 쏟아내기도 했다. 하이네상을 둘러싼 논쟁에서 한트케의 친(親)세르비아적 입장 자체를 옹호하는 이들은 거의 없었지만 〈스스로를 전통 가치의 옹호자〉로 자처하는 작가 보토 슈트라우스는 베르톨트 브레히트, 카를 슈미트, 마르틴 하이데거 등을 언급하며 위대한 작가도 실수할 수 있다며 〈대중으로부터 이해받지 못하는 천재〉 한트케를 옹호하는 발언을 했고, 심사 위원이었던 뢰플러는 한트케는 독재자 편을 든 게 아니라 사건의 여러 측면을 고려하자고 한 것이라고 해석했다. 시의회에서 수상을 취소한 것에는 대부분의 작가들이 부정적인 견해를 보였다. 귄터 그라스는 주간지 「디 차이트Die Zeit」와 가진 인터뷰에서 한트케의 세르비아, 독재자 밀로셰비치에 대한 견해에는 조금도 동의하지 않지만 문학적 기준을 가지고 심사한 것을 두고 정치적인 이유에서 번복하는 것에는 반대한다고 밝혔다.

한트케는 모든 존재 현상들에 대해 이제까지의 모든 선입견으로부터 벗어나 존재의 직접성을 표현하는 것을 창작의 의도라고 밝히고 있다. 그는 1960년대 중반에 문학의 정치화, 참여 문학을 거부하는 것으로 문학 활동을 시작했다. 그의 도발적 저술 작업, 영화 제작에의 참여 또는 심지어 정치적 활동 모두를 가장 적절히 설명해 주는 말은 〈선입견에 대한 도전〉이라 말할 수 있다. 한트케가 문학에서 말하고 있는 것은 끔찍스러운 현실이 아니라 사실 이상적인 것, 시적인 것이다. 그것은 결합하고 포용하며 화해시키는 것이며, 우리 모두의 기억 속에 들어 있는 어린 시절, 이상적인 세계, 유토피아의 재발견이라 할 수 있다. 구 유고슬라비아를 배경으로 하는 한트케의 글이 비현실적인 세계를 보여 주는 것은 그곳이 작가의 회상의 공간, 시적 공간에 속하기 때문이다. 문학을 사회 개혁의 수단이 아니라 자아의 탐구, 정체성 찾기로 보는 한트케는 문학을 통해 외적인 것이 아니라 현실 뒤에 숨겨진 것, 현실 너머의 것을 서술하려고 한다. 오랜 작가 생활을 하는 가운데 끊임없이 모색과 변신을 거듭해 온 한트케는 다시 낭만주의자, 이상주의자로 모습을 드러내면서 이제 점점 구도자, 예언자의 모습을 닮아 가고 있다.[7]

7 박광자, 앞의 책 참조.

한트케의 이 작품은 줄거리가 없고 표현이 생경하며 앞뒤의 연결이 끊어지는 경우가 많기 때문에 우리말로 번역하기가 무척 힘들었다. 그러나 열린책들 편집부의 노고로 그나마 우리 글로 변모하였다. 짧은 이 글을 여러 번 읽어 보면 내용이 조금씩 이해되면서 표현의 묘미를 느낄 수 있게 되고 작가의 탁월한 상상력과 천재적 재능에 감탄하게 될 것이다.

홍성광

페터 한트케 연보

1942년 출생　12월 6일 오스트리아의 케른텐 주 그리펜 알펜마르크트에서 출생.

1944년 2세　친가가 있는 동베를린 팡코로 이주.

1948년 6세　외가가 있는 그리펜으로 돌아옴.

1953년 11세　실업계 중등학교인 하우프트슐레에 입학.

1954년 12세　탄첸베르크에 있는 가톨릭계 김나지움으로 전학함. 작가가 되기로 결심.

1959년 17세　가톨릭계 김나지움 자퇴. 3년간 클라겐푸르트 김나지움에서 수학함.

1961년 19세　그라츠 대학교 법학부에 입학.

1963년 21세　그라츠의 문학 서클 〈포룸 슈타트파르크Forum Stadtpark〉의 잡지 『마누스크립테*Manuskripte*』에 산문 발표. 그 외에 소설과 언어극을 썼음.

1965년 [23세] 배우인 립가르트 슈바르츠와 결혼. 첫 소설『말벌들 *Die Hornissen*』이 주어캄프 출판사에 채택됨.

1966년 [24세] 미국 프린스턴에서 열린 〈47년 그룹〉 모임에서 데 뷔한 후 매스컴의 주인공으로 부상함. 소설『말벌들』, 희곡「관객 모독*Publikumsbeschimpfung*」발표.

1967년 [25세] 게르하르트 하웁트만상 수상. 소설『행상인 *Der Hausierer*』, 희곡「카스파*Kaspar*」등 발표.

1968년 [26세] 베를린으로 이주.

1969년 [27세] 딸 아미나*Amina* 출생. 파리로 이주. 시집『내부 세 계의 외부 세계의 내부 세계*Die Innenwelt der Außenwelt der Innenwelt*』, 희곡「미성년은 성인이 되고자 한다*Das Mündel will Vormund sein*」등 발표. 결혼 생활 끝남.

1970년 [28세] 소설『페널티킥 앞에 선 골키퍼의 불안*Die Angst des Tormanns beim Elfmeter*』등 발표.

1971년 [29세] 쾰른으로 이주. 미국으로 강연 여행을 떠남. 어머니 가 자살한 뒤 크론베르크로 이주함.

1972년 [30세] 페터 로제거상 수상. 소설『긴 이별에 짧은 편지*Der kurze Brief zum langen Abschied*』,『소망 없는 불행*Wunschloses Unglück*』등 발표.

1973년 [31세] 파리로 이주. 실러상 및 뷔히너상 수상. 희곡「어리 석은 자들 죽다*Die Unvernünftigen sterben aus*」발표.

1974년 [32세] 시, 논문, 사진 모음집『소망하는 것이 이미 이루어 졌을 때*Als das Wünschen noch geholfen hat*』발표.

1975년 [33세] 소설『잘못된 동작*Falsche Bewegung*』,『진정한 느 낌의 시간*Die Stunde der wahren Empfindung*』발표.

1976년 ³⁴세 소설『왼손잡이 여인*Die linkshändige Frau*』발표.

1977년 ³⁵세 일기 모음집『세상의 무게*Das Gewicht der Welt*』등 발표.

1978년 ³⁶세 영화「왼손잡이 여인」으로 밤비 영화상 및 프랑스 조르주 사둘상 수상.

1979년 ³⁷세 잘츠부르크로 이주하여 1987년까지 거주. 제1회 카프카상을 수상했으나 게르하르트 마이어와 프란츠 바인체틀에게 넘겨줌. 소설『느린 귀향*Langsame Heimkehr*』발표.

1980년 ³⁸세 여행기『생트 빅투아르 산의 가르침*Die Lehre der Sainte-Victoire*』등 발표.

1981년 ³⁹세 소설『아이 이야기*Kindergeschichte*』등 발표.

1982년 ⁴⁰세 일기 모음집『연필 이야기*Der Geschichte des Bleistifts*』발표.

1983년 ⁴¹세 프란츠 그릴파르처상 수상. 소설『고통의 중국인*Der Chinese des Schmerzes*』등 발표.

1986년 ⁴⁴세 잘츠부르크 문학상 수상. 시집『지속에 대한 시 *Gedicht an die Dauer*』, 소설『반복*Die Wiederholung*』발표.

1987년 ⁴⁵세 오스트리아 국가상 수상. 소설『어느 작가의 오후 *Nachmittag eines Schriftstellers*』, 동화『부재*Die Abwesenheit*』, 시나리오「베를린의 하늘*Der Himmel über Berlin*」(빔 벤더스와 공동 작업) 등 발표.

1988년 ⁴⁶세 브레멘 문학상 수상.

1989년 ⁴⁷세 에세이『피로에 관한 글 *Versuch über die Müdigkeit*』, 희곡「질문놀이 혹은 햇볕이 따뜻한 나라로의 여행

Das Spiel vom Fragen oder Die Reise zum sonoren Land」발표.

1990년 48세   딸 아미나가 빈 대학으로 옮겨 간 후 슬로베니아의 카르스트, 스페인의 메세타, 일본으로 여행을 다님. 에세이『주크 박스에 관한 글*Versuch über Jukebox*』등 발표.

1991년 49세   파리에서 연극 배우 소피와 재혼. 프란츠 그릴파르처 상 수상. 에세이『행복한 날에 관한 글*Versuch über den geglückten Tag*』,『몽상가의 아홉 번째 나라와의 이별*Abschied des Träumers vom Neunten Land*』발표.

1992년 50세   딸 레오카디 출생. 희곡「우리가 서로를 몰랐던 시간*Die Stunde, da wir nichts voneinander wußten*」, 선집『서서히 그림자 속에서*Langsam im Schatten*』등 발표.

1994년 52세   소설『아무도 살지 않는 만(灣)에서 보낸 세월*Mein Jahr in der Niemandsbucht*』등 발표.

1995년 53세   실러 기념상 수상.

1996년 54세   여행기『도나우 강, 사바 강, 모라바 강, 드리나 강으로의 겨울 여행 혹은 세르비아인을 위한 정의*Eine winterliche Reise zu den Flüssen Donau, Save, Morawa und Drina oder Gerechtigkeit für Serbien*』등 발표.

1997년 55세   소설『어두운 밤 나는 적막한 집을 나섰다*In einer dunklen Nacht ging ich aus meinem stillen Haus*』등 발표.

1998년 56세   일기 모음집『이른 아침 암벽창에서*Am Felsfenster morgens*』등 발표.

1999년 57세   희곡「통나무배 여행 또는 전쟁 영화에 대한 단편 *Die Fahrt im Einbaum oder Das Stück zum Film vom Krieg*」등 발표.

2000년 ^{58세}　논픽션『눈물을 흘리며 묻다*Unter Tränen fragend*』
발표.

2002년 ^{60세}　에세이, 메모, 연설 모음집『말하기와 쓰기*Mündliches und Schriftliches*』, 소설『이미지 상실, 또는 시에라 드 그레도스를 지나며*Der Bildverlust oder Durch die Sierra de Gredos*』발표.

2003년 ^{61세}　논픽션『그 커다란 재판소를 둘러싸고*Rund um das große Tribunal*』등 발표.

2004년 ^{62세}　소설『돈 후안*Don Juan*』발표.

2005년 ^{63세}　일기 모음집『어제, 길 위에서*Gestern unterwegs*』
등 발표.

2006년 ^{64세}　하인리히 하이네상 거부.

2007년 ^{65세}　소설『칼리*Kali*』, 시집『포에지 없는 삶*Leben ohne Poesie*』, 희곡「길 잃은 자의 자취*Spuren der Verirrten*」등 발표.

2008년 ^{66세}　바이에른 예술 아카데미에서 수여한 토마스 만 문학상 수상. 소설『모라비아의 밤*Die Morawische Nacht*』등 발표.

2009년 ^{67세}　프란츠 카프카상 수상. 회상록『벨리카 호카의 뻐꾸기들*Die Kuckucke von Velika Hoca*』발표.

열린책들 세계문학 122 어느 작가의 오후

옮긴이 홍성광 1959년 삼척에서 태어나 서울대학교 독문과를 졸업하고 동 대학원에서 문학 박사 학위를 받았다. 논문으로는 「토마스 만의 소설 『마의 산』의 형이상학적 성격」, 「하이네 시의 이로니 연구」, 「토마스 만과 하이네 비교 연구」, 「토마스 만의 괴테 수용」, 「토마스 만과 김승옥 비교 연구」 등이 있고, 옮긴 책으로는 토마스 만의 『베네치아에서의 죽음』, 『마의 산』, 『부덴브로크 가의 사람들』, 프란츠 카프카의 『변신』, 『소송』, 『성』, 괴테의 『이탈리아 기행』, 니체의 『차라투스트라는 이렇게 말했다』, 미하엘 엔데의 『마법의 술』, 에리히 레마르크의 『서부 전선 이상 없다』 등이 있다.

지은이 페터 한트케 **옮긴이** 홍성광 **발행인** 홍지웅 · 홍예빈
발행처 주식회사 열린책들 **주소** 경기도 파주시 문발로 253 파주출판도시
전화 031-955-4000 **팩스** 031-955-4004 **홈페이지** www.openbooks.co.kr
Copyright (C) 주식회사 열린책들, 2010, *Printed in Korea.*
ISBN 978-89-329-1122-9 04850 **ISBN** 978-89-329-1499-2 (세트)
발행일 2010년 6월 30일 세계문학판 1쇄 2019년 10월 25일 세계문학판 7쇄

이 도서의 국립중앙도서관 출판예정도서목록(CIP)은 서지정보유통지원시스템 홈페이지(http://seoji.nl.go.kr)와 국가자료공동목록시스템(http://www.nl.go.kr/kolisnet)에서 이용하실 수 있습니다.(CIP제어번호 : CIP2010002025)

열린책들 세계문학
Open Books World Literature

각 권 8,800~12,800원